经·典·新·读

专家音频解读

与过去的自己告别,迷茫和困惑,都是成长的必经之路

——解读者 **安亦**

The Prince and the Pauper

王子与贫儿

[美] 马克·吐温 / 著　张友松 / 译

名家全译本
国际大师插图

中央编译出版社

图书在版编目(CIP)数据

王子与贫儿/(美)马克·吐温著;张友松译. —北京:中央编译出版社,2015.6(2024.9重印)

ISBN 978-7-5117-2698-8

Ⅰ.①王… Ⅱ.①马… ②张… Ⅲ.①长篇小说-美国-近代 Ⅳ.①I712.44

中国版本图书馆CIP数据核字(2015)第138130号

王子与贫儿

策划编辑	苗永姝
责任编辑	韩慧强
特约编辑	陈万亭　郑丽萍　孙敬艳
责任印制	李　颖
出版发行	中央编译出版社
地　　址	北京市海淀区北四环西路69号(100080)
电　　话	(010)55627391(总编室)　(010)55627310(编辑室)
	(010)55627320(发行部)　(010)55627377(新技术部)
经　　销	全国新华书店
印　　刷	北京盛通印刷股份有限公司
开　　本	880毫米×1230毫米　1/32
字　　数	145千字
印　　张	9
版　　次	2015年6月第1版
印　　次	2024年9月第5次印刷
定　　价	26.80元

新浪微博：@中央编译出版社　　微　信：中央编译出版社(ID：cctphome)
淘宝店铺：中央编译出版社直销店(http://shop108367160.taobao.com)　(010)55627331

本社常年法律顾问：北京市吴栾赵阎律师事务所律师　闫军　梁勤
凡有印装质量问题,本社负责调换,电话：(010)55627320

马克·吐温

译序

　　《王子与贫儿》是马克·吐温的童话式讽刺小说，发表于1881年。故事以16世纪英国的生活情况为背景，讲一个衣衫褴褛的贫儿汤姆·康第和太子爱德华同时出生，相貌极为相似；他们由于一个偶然的机会，戏剧性地互换了服装和身份。汤姆登上国王的宝座，当了一国之主后，废除了一些残酷的法律和刑罚，赦免了一些无辜的"犯人"，颁布了一些合乎情理的命令；而王子爱德华则流落在民间，经历了君主专制统治下人民生活的种种苦难。小说通过一个虚构的故事，生动地反映了英国资本主义原始积累时期劳动人民生活的穷困和悲惨，反映了封建统治者的豪奢和凶残。作品的字里行间流露出作者对统治者的不满和对受苦受难的人民的同情。本书通过一个受难者之口把当时的暴政统治下的英国比作一个人间地狱，为惨遭迫害的穷苦人民打抱不平。

　　《王子与贫儿》虽然写的是16世纪英国的事情，却是影射着马克·吐温所处的现实环境，即19世纪资本主义的美国，使人们对资产阶级的民主自由的假象不存幻想。所以这部作品与马克·吐温的《汤姆·索亚历险记》《哈克贝利·费恩历险记》有同样的现实意义。

在写这部书时,由于作者对于阶级矛盾日益加剧的美国社会认识逐渐深刻,小说的基调已不是轻松的幽默,而是辛辣的讽刺。在艺术表现上,《王子与贫儿》也较作者以往的作品有所发展;作者的想象更加自由,对主人公生活的时代和环境也做了生动的描述。

马克·吐温本人认为这部书是他最满意的作品之一,但有些评论家却认为此书的风格不高,比《哈克贝利·费恩历险记》和《傻瓜威尔逊》较为逊色,一般作家也能写得出来。

马克·吐温对人吃人的社会给予无情的揭露和批判,但因囿于资产阶级民主的幻想,他始终摆脱不了改良主义的立场。《王子与贫儿》的结尾还是把仁慈公正的新国王描写成苦难中的人民的救世主,这个弱点是批判现实主义作家所共有的。

张友松

目录
CONTENTS

第一章　王子与贫儿的诞生 …………… 3
第二章　汤姆的幼年时代 ……………… 6
第三章　汤姆和王子的会见 …………… 12
第四章　王子开始遭难 ………………… 22
第五章　汤姆当了王子 ………………… 28
第六章　汤姆习礼 ……………………… 36
第七章　汤姆的初次御餐 ……………… 44
第八章　御玺的问题 …………………… 49
第九章　河上的盛况 …………………… 53
第十章　落难的王子 …………………… 57
第十一章　市会厅的盛会 ……………… 68
第十二章　王子和他的救星 …………… 74
第十三章　王子失踪 …………………… 85
第十四章　老王驾崩——新王万岁 …… 90
第十五章　汤姆当了国王 ……………… 104
第十六章　御餐 ………………………… 120

第十七章	疯子一世	124
第十八章	王子与游民一同流浪	138
第十九章	王子在农民家里	148
第二十章	王子与隐士	156
第二十一章	亨顿救驾	166
第二十二章	诡计下的牺牲者	172
第二十三章	王子当了囚犯	180
第二十四章	脱逃	186
第二十五章	亨顿第	191
第二十六章	被否认了	202
第二十七章	在狱中	208
第二十八章	牺牲	220
第二十九章	到伦敦去	225
第三十章	汤姆的进步	228
第三十一章	新王出巡受贺	232
第三十二章	加冕大典	240
第三十三章	爱德华当了国王	258
尾声	赏罚分明	270

小 引

我要照人家给我讲的那样,叙述一个故事。讲这故事的人是从他的父亲那儿听来的,他的父亲又是从"他的"父亲那儿听来的,这位父亲的父亲还是一样,也是从"他的"父亲那儿听来的——一代又一代地一直往上推,总共有三百多年之久,老是父亲传给儿子,把这故事流传下来。这也许是历史上的事情,也许只是无稽的传说。这里面所说的事情也许曾经发生过,也许没有发生过;不过那是可能发生过的。也许从前那些博学多才的人相信这个故事;也许只有那些无知无识和脑筋简单的人才喜欢它,相信它。

慈悲的美德……
蕴含着双重的幸福,
它既能使施惠者感到欣慰,
又能降福于受惠者。
它是超乎一切的无上魅力:
比君主的王冠
更能显示帝王的光彩。

——《威尼斯商人》

 第一章　王子与贫儿的诞生

十六世纪第二个二十五年当中有一个秋天,古老的伦敦城里有一个姓康第的穷苦人家生了一个他们所不欢迎的男孩。同一天,一个姓都铎①的富贵人家有一个正如心愿的男孩诞生了。全英国的人也都欢迎这个孩子。大家早已热烈地渴望着他,期待着他,并且为了祈求他的诞生而向上帝祷告,因此他现在一旦真的出世,全国的人就几乎是喜极若狂了。连稍稍相识的人都互相拥抱,互相亲吻,同声欢呼。大家都休假了,无论尊卑贫富,都大吃大喝地取乐,还跳舞、唱歌,非常快活;他们不分昼夜地一连像这样狂欢了好几天。白天,伦敦的景象真是热闹非凡,家家户户的阳台和屋顶上都有鲜艳的旗帜随风飘动,大街上有许多壮丽的行列在游行。夜间的景象也很可观,街头巷

---

① 1485—1603年是英国的都铎王朝时代。

尾，处处都燃烧着大堆的祝火，四周围着一队队狂欢的群众，尽情作乐。全英国除了谈这个新生的孩子——太子爱德华·都铎而外，都不谈别的事情。这个孩子浑身裹着绫罗绸缎，对于外面那一切无谓的热闹情况都无知无觉，也不知道还有许多大臣和贵妇在伺候着他、看护着他——而且他也满不在乎。可是谁也没有谈到另外那个浑身裹着破布烂絮的孩子，汤姆·康第。他的出生徒然给这家穷人增加麻烦；除了他自己家里这些发愁的人谈到他而外，再也没有别人理睬他了。

# 第二章　汤姆的幼年时代

我们现在跳过若干年，来谈谈以后的事情吧。

当时伦敦已有一千五百年的历史，以那时候的规模而论，要算是一个大城市。全城有十万居民——有人认为还要多一倍。街道都很狭窄、弯曲而肮脏，尤其是汤姆·康第所住的那一带离伦敦桥不远的地方。那儿的房屋都是木头建筑的，第二层楼突出于第一层之外，第三层又把它的胳臂肘伸出第二层的范围。房子盖得越高，上面的面积也就越大。房屋的骨架是用结实的木料钉成交叉的形式，中间加上一些牢靠的材料，外面再涂上一层灰泥。房屋的主人按照各自的脾胃把屋梁漆成红色、蓝色或是黑色，这就使得那些房屋显出一副很雅致的气派。窗户都很小，嵌着菱形的小玻璃；窗门都像屋门那样，是向外开的，装的枢纽也像门上的一样。

汤姆的父亲所住的房子在布丁巷外面一个名叫垃圾

大院的肮脏小死巷里面。那所房子又小又破，东歪西倒，可是那里面却挤满了一些穷得要命的人家。康第那一窝在三层楼上占着一个房间。母亲和父亲在一个角落里有一张也算是床的床铺；可是汤姆和他的祖母，还有他的两个姐姐，白特和南恩，却不受拘束——全部的地板都归他们享用，他们爱在哪儿睡就在哪儿睡。屋里有一两条破得不像样的毯子，还有几捆又旧又脏的稻草，可是要把这些东西叫做床铺，似乎不大妥当，因为它们是乱七八糟的；每天早晨，这些东西老是整个儿被踢成一大堆，到了晚上，大家再从这一堆里去挑出来使用。

  白特和南恩都是十五岁——一对双胞胎。她们是心肠很好的姑娘，满身肮脏，穿得非常破烂，愚昧透顶。她们的母亲也和她们相似。可是父亲和祖母简直是一对恶魔。他们只要有酒喝，就喝得烂醉；然后就互相打架，或是碰上谁就和谁相打；无论醉与不醉，他们老是咒骂不休；约翰·康第是个小偷，他母亲是个乞丐。他们把孩子们都教成了叫花子，可是还没有能够把他们变成小偷。在这所房子里住着的乌七八糟的穷人当中，有一位善良的老神甫安德鲁，可是他并不属于他们那一伙。国王给了他极微薄的一点点养老金，把他从家里一下子撵了出来；他就常爱把孩子们叫到一边，暗自教他们一些正当的行为。安德鲁神甫还教给汤姆一点拉丁文，并且还教他读书写字；他本想把这些东西也教给那两个姑娘，可是她们害怕朋友们的嘲笑，因为那些人一见她们俩将要有那些稀奇的学问，是决不会容许的。

整个垃圾大院里乱哄哄的一窝正和康第家里一模一样。酗酒、胡闹和吵嘴在那儿是家常便饭，每天晚上都是如此，而且几乎是通宵达旦。在那地方，打破脑袋和饥饿是同样寻常的事情，可是小汤姆并不觉得不愉快。他的日子过得很苦，可是他自己并不知道。他那种生活和垃圾大院所有的孩子们过的是一样的，因此他也就以为那是当然的、舒服的生活。他晚上空手回家的时候，知道他父亲首先就要骂他一顿，再揍他一顿，等他打骂够了之后，祖母又要再来一遍，而且更加厉害；他还知道，到了深夜，他那饿着肚子的母亲就要偷偷地溜到他身边来，把她宁肯自己挨饿、给他省下来的一点半点可怜的面包皮或残屑拿给他吃，虽然她这种大逆不道的罪行每每被她的丈夫发觉，并且还要挨他一顿毒打，她也不管。

反正汤姆的生活是过得很顺当的，尤其是在夏天。他只去讨到够他自己活命的东西，因为禁止行乞的法律很严厉，刑罚也很重；所以他把许多时间用来听安德鲁神甫讲那些关于巨人和仙女、矮子和妖怪，以及妖魔盘踞城堡、豪华的国王和王子的迷人的古老故事和传说。他脑子里渐渐装满了这些稀奇的事情，于是有许多晚上，当他在黑暗中躺在他那薄薄的、发臭的稻草上，又倦又饿，挨过鞭打之后还在刺痛的时候，他就展开他的想象力，津津有味地给他自己描绘着一座皇宫里的一位娇养的王子那种惬意的生活，因此不久就把他的痛楚都忘记了。后来就有一种愿望日夜在他心中萦绕，那就是要亲眼看见一个真正的王子。有一次他向那些垃圾大院的玩伴们谈到过这桩心事，可是他们非常刻薄地嘲笑他、挖苦他，以至他从此以后情愿把他的梦想留在自己心里。

　　后来汤姆所读的关于王子生活的书和他在这方面的梦想竟对他产生了那么强烈的影响，以至使他不知不觉地扮演起王子来了。他的谈话和举动变得特别斯文而有宫廷的派头，使他那些亲密的朋友非常羡慕，也觉得非常好玩。于是这时候汤姆在这些年轻小伙子们当中的威信一天天增长了；后来他在他们心目中终于成了一个超凡出众的人物，大家对他都怀着一种敬畏的心理。他似乎是知道得真多呀！他居然能做出和说出那许多了不起的事情！而且，他还那么足智多谋！他说的话和他的举动都由这些孩子们报告给他们的父兄；这些人也就马上开始谈论汤姆·康第，而且把他看成一个最有天才的非凡角色。成年的人们把他们的疑难拿来找汤姆请教，他的解答所表现的才智每每使他们大为惊异。事实上，除了他自己家里的人而外，在他所有相识的人心目中，他都成了一位英雄——只有他家里的人一点也看不出他有什么了不起的地方。

过了不久,汤姆居然暗中组织了一个小朝廷!他自己当王子;他的亲近玩伴有的当警卫,有的当宫内大臣,有的当武官,还有当侍从和宫女的,有当王室的。这位假扮的王子天天都按照他从书本上这些传奇故事里学来的一些繁重的礼节接受大家的朝拜;这个虚构王国的国家大事天天都在御前会议上提出来讨论;这位假扮的殿下天天都给他想象中的陆军、海军和总督们颁发教令。

这以后,他就穿着那身褴褛衣服到街上去,讨几个小铜板,吃他那可怜的面包壳,再照例挨打挨骂,然后在他那一小把肮脏的稻草上躺下来,又在梦想中恢复他那虚构的荣华富贵的生活了。

然而他还是想见到一位真正的、活着的王子,亲自看他一眼,这个愿望一天又一天,一个礼拜又一个礼拜地在他心中增长,直到后来,它把其他一切愿望都吞没了,终于成了他生活中的唯一热望。

正月里有一天,他照例出去行乞。晚上回到家里,浑身透湿,又乏又饿,以至连他的父亲和祖母看了他这种倒霉的光景,也不能不表示同情——他们自有他们表示同情的方式。于是他们马上就使劲儿赏了他一顿拳头,叫他去睡觉。过了好一阵工夫,他的疼痛和饥饿,还有那所房子里正在进行着的咒骂和殴打,老使他睡不成觉;可是后来他的思潮终于漂到了老远的、神秘的地方，于是他就睡着了。他在梦中和一些戴着宝石装饰、满身金光闪闪的小王子们在一起，这些王子都住在绝大的宫殿中，面前有许多仆役行着额手礼，飞快地跑去执行他们的命令。然后就像往日一样，他又梦见他自己是一个小王子了。

整夜里，他那帝王身份的尊荣始终照耀着他；他在灯烛辉煌中、在大臣和贵妇当中走动，呼吸着香气，陶醉于美妙的音乐；那些闪闪发光的一群人一面给他让出路来，一面毕恭毕敬地向他鞠躬致敬，他就派头十足地在这儿笑一笑、那儿点点头，表示答礼。

清早醒来时，他一看周围那种倒霉的情景，他那一场好梦就对他起了照例的作用——使他那环境的肮脏鄙陋更加强一千倍了。于是跟着来的就是苦痛、伤心和眼泪。

# 第三章　汤姆和王子的会见

汤姆饿着肚子起来，又饿着肚子出去游荡，可是他心里还是忙着回想头天晚上他做的梦里那些迷迷糊糊的辉煌景象。他在城里到处游荡，简直不大注意到自己在往哪儿走，也没有发觉身边发生了一些什么事情。

汤姆随即就发现了翠林庄；他在早年的一位死了亲人的国王在那儿建筑的一座美丽的十字碑前休息了一会儿，然后又顺着一条幽静的、可爱的路闲荡过去，经过红衣大主教的庄严的大厦，朝着一座更伟大、更堂皇得多的建筑——威斯敏斯特宫——走过去。汤姆瞪着眼睛望着那老大的一堆建筑物，望着那伸出很远的边厢、那威严的棱堡和角楼、那绝大的石造大门，上面有金漆的门栅，门前排列着许多庄严的、庞大的花岗石狮子，还有其他一些英国皇家的标志和表征，他简直看得满心欢喜，非常惊奇。难道他心中的愿望终于可以满足了吗？这儿可的确是一座国

王的宫殿呀。假如老天爷愿意开恩的话，他现在岂不是可以希望见到一个王子——一个有血有肉的王子吗？

可怜的小汤姆穿着他那身破烂衣服走过去；正在他心头剧跳，希望高涨，畏怯而迟缓地走过那两个卫兵的时候，忽然从那金漆门栅里一眼瞧见里面有一个出色的人物，这使他几乎欢喜得大声喊叫起来。门内有一个漂亮的男孩子，他因为常在露天地方尽量地游戏和运动，皮肤晒得又红又黑，他穿的衣服全是漂亮的绸缎，满身宝石闪着光彩；他腰上带着一把剑和一把匕首，都镶着宝石；脚上穿着雅致的红后跟短筒靴；头上戴着一顶华丽的深红色帽子，帽子上用一颗大宝石系着几根往下垂的羽毛。有几个打扮得很讲究的男人在他近旁站着——不消说，那都是他的仆人。啊！他准是个王子——准是个王子，活生生的王子，真正的王子——丝毫无疑问；那贫儿心中所祈求的事情终于如愿以偿了。

汤姆兴奋得呼吸都加快和短促起来，他的眼睛也因为惊奇和高兴而睁得很大了。他心里立刻就忘记了一切事情，完全让一个愿望占据了：那就是走到王子身边，把他仔细盯住，好好儿瞧一瞧。他对自己的举动还在不知不觉的时候，就把脸贴近那栅门了。那两个兵士之中马上就有一个很粗暴地揪着他，一把推开，推得他像个陀螺似的滚出多远，滚到那些张着嘴看热闹的一群乡下人和伦敦的闲人当中去了。那个士兵说：

"规矩点儿吧，你这小叫花子！"

那一群人都嘲笑起来，还哈哈大笑；可是那年轻的王子飞跑到大门那儿，满脸涨得通红，眼睛里闪着愤怒的光。他大声喝道：

"你怎么胆敢这样虐待一个可怜的孩子！你怎么胆敢这样虐待我的父王最低微的老百姓！快打开大门，让他进来！"

这下子那一群反复无常的闲人就连忙摘下帽子来，那真是叫你看了好笑。你要是听见他们大声欢呼"太子万岁！"也是怪有趣的。

那两个兵士举起戟来敬礼，随即打开大门，并且在那"穷人国的王子"穿着那身随风飘动的破烂衣裳走进来和那富甲天下的王子握手的时候，他们又敬了一次礼。

爱德华·都铎说：

"你好像是疲倦了，肚子也饿了吧；你受了委屈哩。跟我来吧。"

爱德华把汤姆带进王宫里一个豪华的房间，他说这是他的私室。仆人遵照他的命令，送来了一份讲究的饭菜，这种食品汤姆除了在书里看见过而外，从来没有碰到过。王子毕竟有王子的斯文派头和礼貌，他把仆人们都吩咐出去，好让他这位卑微的客人不致因为他们在场品头论足而感到局促不安；然后他坐到近旁，一面让汤姆吃饭，一面

问他一些问题:

"你叫什么名字,小伙子?"

"禀告王子,贱名汤姆·康第。"

"这名字有些古怪哩。你住在什么地方?"

"禀告王子,我住在旧城里。住在垃圾大院,在布丁巷外面。"

"垃圾大院!真是,这又是个古怪名称。父母在世吗?"

"父母我都有,王子,还有个奶奶,她对我可以算是个可有可无的亲人,这话也许是说了有罪,但愿上帝饶恕我——另外还有一对双生的姐姐,南恩和白特。"

"怎么!她打你吗?"

"啊,王子,禀告殿下,她确实是打我。"

"打你呀!——你的身体这么弱,个子这么小!听着,不等到晚上,就叫她上塔里去①。我的父王……"

"殿下,您忘记了她是下等人哩。塔里是专关大人物的。"

"这话有理。我没有想到这个。我要考虑怎么处罚她。你父亲对你好不好?"

"也不比康第奶奶强哩,殿下。"

"当父亲的大概都一样吧。我的父亲脾气也不好。他

---

① 上塔里去就是关进伦敦塔去坐牢。

打起人来使老大的劲儿，可是他不打我；不过说老实话，他嘴上可不一定饶我。你母亲对你怎么样？"

"她很好，殿下，她一点也不叫我发愁，也不叫我吃苦。南恩和白特也是这样，正像我母亲的脾气。"

"她们俩多大年纪？"

"禀告殿下，十五岁。"

"你说话说得很好；你说得很文雅。念过书吗？"

"我不知道我算不算念过书的，殿下。有一个名叫安德鲁的神甫好心地教过我，我念的是他的书。"

"你懂得拉丁文吗？"

"我想我懂得很有限哩，殿下。"

"好好学吧，小伙子，只有开始的时候难。希腊文还要难一些；可是无论是这两种，或是任何别的文字，伊丽莎白公主和我的堂姐学起来都不难。你要瞧见这两个姑娘念起那些洋文来才有趣哪！可是你还是给我谈谈你们那个垃圾大院吧。你在那儿过的日子很痛快吗？"

"说实在话，那是很痛快的，殿下，只有肚子饿了的时候才不好受。那儿有潘趣傀儡戏，还有猴儿——啊，这些小畜生真有趣！穿得也真漂亮！——还有些戏里，扮演的角色都拼命地嚷、拼命地斗打，一直斗到戏里的人全都杀光才算完，那可真好看，看一回只要一个小铜板——不过殿下您可不知道，我那一个小铜板赚来可是真费劲儿呀。"

"你再给我说一些吧。"

"殿下,每到夏天,我们就在运河和大河里浮水,各人都把身边的人按在水里,拍水溅他,并且还往水里钻,或是大声嚷、在水里摔跤,还……"

"只要能像这样玩一回,拿我父亲的江山作代价也值得!请你再往下说吧。"

"我们还在契普赛街围着五月柱跳舞唱歌;我们在沙土里玩,各人把身边的人拿沙子盖起来;我们还常拿泥做糕饼——啊,多好玩的泥呀,真是全世界没有像那么有趣的东西!殿下您别怪我胡说,我们简直就在泥里打滚。"

"啊,请你不用再说了,真是妙不可言!要是我能穿上你那样的衣裳,脱光了脚,到泥里去痛痛快快玩一次,只要玩一次,没有人骂我或是禁止我,那我想我连王冠都可以不要了!"

"殿下,要是我能把您那样的衣服穿一次——只要能穿一次……"

"哦嚄,你爱穿吗?那么就这么办吧。把你的破衣服脱下来,穿上这些讲究东西吧,小伙子!这可以暂时换点快乐,可是那也还是一样过瘾。我们趁这机会痛快一下吧,不等别人来干涉,就可以再换过来。"

几分钟之后,小太子就披上了汤姆那身随风飘的破烂东西,同时那贫民窟的小王子却穿上了豪华的皇家服

装,打扮得很神气了。他们俩走到一面大镜子前面,并肩站着,哈,真是一个奇迹:就好像是根本没有换过衣服似的!他们睁开眼睛互相望着,然后又望着镜子,再互相望着。后来那弄得莫名其妙的小王子终于说:

"你看这是怎么回事?"

"呀,殿下您可别叫我回答这个问题。我这样下贱的人说出那种话来,未免不大妥当。"

"那么就让我来说吧。你和我的头发是一样,眼睛是一样,声音和态度是一样,外貌和身材也是一样,面孔和气色还是一样。我们俩要是光着身子走出去,谁也分不清哪个是你,哪个是太子。现在我既然穿上了你的衣裳,似乎是应该更能够体会你的委屈;我想起刚才那个野蛮的卫兵——嘿,你手上不是有个伤痕吗?"

片刻之间,他连忙拿起一张桌子上放着的一件国宝,把它收藏起来,马上就跑出去,穿着那身像旗子似的破衣服,飞跑着穿过宫中的庭园,脸上直发烧,眼睛里直冒火。他一走到大门那儿,就抓住栅门,把它使劲儿摇晃,一面大声嚷道:

"开门!把栅门打开!"

起先对汤姆很凶的那个兵士立刻就照办了;王子怒气冲天地冲出门口的时候,那兵士就狠狠地打了他一个很响的耳光,把他打得一转一转地滚到大路上,一面骂道:

"赏你这个吧,你这叫花崽子!你让太子殿下给我过不去,我这是还你的礼!"

外面那一群人哄笑起来。王子从泥潭里挣扎着爬起来,凶暴地向卫兵跑过去,一面嚷道:

"我是皇太子,我的御体是神圣不可侵犯的;你竟敢动手打我,我要处你绞刑!"

那卫兵举起手来敬礼,嘲笑地说:

"我给殿下您敬礼,"然后含怒地说,"快滚开,你这发了疯的小杂种!"

于是那戏弄的一群人向这可怜的小王子围拢来,连挤带推地拥着他顺着大路走了很远,大家嘲骂他,大声嚷着:"给太子殿下让路!给皇太子让路呀!"

 第四章　王子开始遭难

经过好几小时持续的追逐和折磨之后，那一群闲人终于把王子甩开，不再纠缠他了。他无目的地往前走，过了一会，房屋渐渐稀少，过路的人也不多了。他把他那双流血的脚在小河里洗一洗，这条河流过的地方就是现在法林顿街的所在；他休息了几分钟，然后再往前走，不久就来到一块大空地，那儿只有几所疏散的房屋，还有一座绝大的教堂。这个教堂他是认识的。到处都搭着许多棚架，还有成群的工人；因为教堂正在大兴土木，进行维修。王子马上就精神焕发了——他觉得他的苦难现在已经结束了。他心里想道："这是古老的圣芳济教堂，父王把它从修道士手中接收过来，改成了一所贫儿和弃儿的收养所，并且改名为基督教堂了。这里的人一定会乐于照顾这位对他们有过这么大恩惠的施主的儿子——尤其是因为那个儿子自己也像这里所收容的或是以后将要收容的儿童那样穷苦无依，他们更

不能不予以照顾了。"

他不久就走到了一群男孩子当中,他们正在乱跑乱跳,打球和做跳背游戏,或是玩耍别的花样,玩得非常热闹。

孩子们停止了玩耍,在王子身边围拢来;王子以天生的高贵神气说:

"好孩子们,去告诉你们的所长,就说皇太子爱德华要和他谈话。"

孩子们一听这话,大嚷了一阵,有一个粗鲁的小家伙说:

"哎呀哈,你是他殿下的差人吗,叫花子?"

王子气得脸色通红,他马上就伸手到腰下去摸,可是腰下却什么也没有。孩子们又大声哄笑了一阵,有一个孩子说:

"瞧见了吗?他还当是有一把剑哩——说不定他本人就是王子哪。"

这一句俏皮话又引起了一阵大笑。可怜的爱德华高傲地挺直身子说道:

"我就是王子;你们受了我的父王的恩惠,反而这样对待我,未免太不懂礼。"

孩子们听了这话又觉得非常有趣,这可以由他们的一阵大笑看得出来。首先说话的那个小伙子对他的同伴们嚷道:

"嗨,你们这些畜生、奴才、靠太子殿下的父王施恩养活的家伙，怎么这么无礼？你们这些贱骨头快跪下，一齐跪下，拜见太子殿下的威仪和他这套王家的破烂衣裳吧！"

大家在一阵狂笑中一齐跪下，以开玩笑的态度向他们作弄的对象致敬。王子一脚猛踢最靠近的那个孩子，暴怒地说，

"先赏你这一脚，且等明天我再给你搭起一个绞架来！"

哎呀，这可不是闹着玩的——简直超出开玩笑的范围了。笑声立刻停止，转成愤怒了。十几个孩子嚷道：

"把他拉走！拉到洗马池那儿去，洗马池那儿去[①]！狗在哪儿？嗬，来吧，狮子！嗬，獠牙！"

随后就发生了英国从来没有见过的一桩事情——皇太子的御体被老百姓的手粗暴地殴打，并且他们还唆使恶狗去咬他，把他一身咬破了。

那天夜幕渐渐降下的时候，王子深入了城内房屋稠密的地区。他已遍体鳞伤，手上在流血，一身破衣服沾满了污泥。他继续往前游荡，走了又走，心里越来越慌张，他疲倦无力到了极点，以致两条腿简直有些拖不动了。他再也不向人探询，因为他问话问不出消息，反而引起人家对

[①] 洗马池一般是洗马和饮马用的，但被众人厌恶的人有时也被丢到洗马池里去，叫他吃苦头。

他的侮辱。他老是自言自语地低声说："垃圾大院——就是这个地名；我要是不到精疲力竭，倒在地下的时候，就能找到这个地方，那我就得救了——因为他家里的人会把我带到宫里去，证明我不是他们这家的人，而是真正的王子，那么我就可以恢复我的身份了。"他心里时时回想起基督教养院里那些粗野的孩子对待他的情形，于是他就说，"等我当了国王的时候，他们就不仅要得到面包和住处，还要读书受教育；因为只吃饱肚子，脑子里却闹饥荒，心灵也得不到营养，那是没有什么价值的。我要把这个随时牢记在心里，不忘掉今天所受的教训，以免我的百姓因此而吃苦；因为学问可以改善人心，培养文雅和仁爱的品质。"

各处的灯光渐渐闪烁起来，天上也下起雨来了，随即又刮起了风，于是狂风暴雨之夜就开始了。那落魄的王子、无家可归的继承英国王位的太子仍旧在往前走，越来越深入这些迷宫似的肮脏小巷，那是一些又穷又苦的人家像密集的蜂窝似的聚居在一起的地方。

忽然有一个高大的醉汉一把揪住他说：

"又是一出去就到这会儿还不回家，我看还准是一个铜子儿也没带回来！要真是这样的话，我要不把你这一身瘦骨头全给打断，那我就情愿改个姓，不算是约翰·康第了。"

王子把身子一扭，摆脱了那个人，还不知不觉地把他那被玷污了的肩膀拍拍干净，然后迫切地问道：

"啊，原来你就是他的父亲，真的吗？多谢老天，但愿如此——那么你去把他带走，让我恢复原位吧！"

"他的父亲！我不懂你这是什么意思；我只知道我是你的父亲，你回头就会……"

"啊，莫开玩笑，莫说废话，莫耽搁工夫！——我累了，我受了伤，我再也熬不下去了，你把我带回我的父王那里去，他会让你大阔特阔，你做天大的梦也想不到的。相信我吧，喂，相信我吧！——我不说谎，我说的都是实话！——你伸出手来救我一把吧！我的确是太子！"

那个人愣住了，他低下头瞪着眼睛望了望这孩子，然后摇摇头，嘟囔着说：

"你发疯了，简直和疯人院里的疯子一样！"——然后又把他揪住，一面发出粗暴的笑声和咒骂，说道："可是不管你疯不疯，我和你奶奶回头就会弄清楚你这身贱骨头哪点儿最软，要不然我就不算好汉！"

他说完这话，就把那气得发疯的、拼命挣扎的王子拽着走，拽进房屋前面的一条窄巷，背后跟着一群很感兴趣的、乱哄哄的闲人。

第五章　汤姆当了王子

汤姆·康第独自留在王子的私室里，尽量利用了这个机会，欣赏一番。他站在大镜子前面，把身子左右转动，欣赏他那一身华贵的衣裳；然后又走开，一面模仿王子那种出身高贵的风度，一面还是向镜子里观察着效果。

过了半小时之后，他忽然想起王子已经出去很大工夫了；于是他立刻就觉得寂寞起来；不久他就开始静听和盼望，再也不玩弄他身边那些漂亮东西了；他渐渐感到不安，然后又感到焦急，再往后就感到苦恼。

他在屋里走来走去，心中充满了无名的恐怖，一面静听着，每逢有点小声音他就大吃一惊。随后那扇门忽然敞开，一个穿绸衣服的小侍说：

"洁恩·格雷公主驾到。"

门又关上了，于是有一个穿得很阔气的可爱的年轻姑娘向他蹦蹦跳跳地走过来。可是她忽然站住，用焦急的声

调说:

"啊,您怎么不舒服呢,殿下?"

汤姆吓得几乎要断气了;可是他勉强撑持着吞吞吐吐地说:"哎呀,请您开恩!老实说我并不是什么殿下,不过是城里垃圾大院可怜的汤姆·康第罢了。请您让我见到王子,他就会开恩把我的破衣服还给我,并且还放我走,不叫我吃亏。啊,请您大发慈悲,救救我吧!"

这时候汤姆已经跪在地下,同时用眼睛和举起的双手帮助着唇舌恳求。那年轻的姑娘似乎是吓得魂不附体了。她大声喊道:

"啊,殿下,您怎么下跪?——怎么向我下跪呀!

于是她就恐怖地逃跑了;汤姆因绝望而苦痛不堪,他瘫倒在地下,喃喃地说:

"无可挽救了,无可挽救了。这下子他们准会来把我抓去呀。"

他在那儿躺着因恐惧而失去知觉的时候,可怕的消息在宫中飞快地传播开了。这个消息由大家用耳语传播着——因为宫廷里照例是用耳语传播消息的——这个奴仆告诉那个奴仆,宫臣告诉贵妇,顺着所有的长廊一直传播过去,这层楼传到那层楼,这个花厅传到那个花厅:"王子发疯了,王子发疯了!"不久,每个花厅、每个大理石的大厅都聚集着成群的光彩夺目的宫臣和贵妇,还有成群的服饰耀眼的其他次要人物,大家都在一起关切地低声谈论着,各人脸上都露出惊慌的神色。随后有一位华丽的官员迈着大步走到这些人群身边,庄严地宣布了一道上谕:

奉圣谕:不准轻信此项无稽谣言,亦不得议论此事,或向外传布;违者处死。务须谨遵圣谕!

耳语的交谈突然停止了,好像是谈论的人都一下子变成了哑巴似的。

过了一会,各处走廊上到处又有一片喊喊喳喳的声音,大家都说:"王子!瞧,王子过来了!"

可怜的汤姆慢慢地走过来,经过那些一群一群的深深鞠躬的人身边,想要鞠躬答礼而又不敢,同时他那双慌张的、可怜的眼睛畏畏缩缩地注视着周围那种稀奇的情景。大臣们在他两边走着,让他靠在他们身上,借此使他的脚步走得稳一些。他背后还跟着宫里的御医和几个仆人。

随后汤姆发觉他自己到了宫里的一个豪华的房间里,听见他背后有人把门关上了。他周围站着那些陪他一同来的人。

在他前面距离稍远的地方,有一个身材高大、长得很胖的人斜倚在床头,面孔宽大而多肉,脸色很庄严。他那头发是灰白的;他只在面孔周围留着络腮胡子,像一个镜框似的,胡子的颜色也是灰白的了。他的衣服是讲究材料做的，可是有些地方已经旧了，而且稍有磨破的痕迹。他那一双发肿的腿有一条底下垫着一只枕头，上面捆着绷带。这时候没有人说话，除了这个人而外，所有的人都恭恭敬敬地低着头。这个面貌冷酷的病夫就是那威严的亨利八世。他说：

"我的爱德华王子，你好吗？你是不是故意调皮，和我开玩笑，叫我上当呢？我是你的父王，对你很疼爱、很体贴呀，你怎么要这样淘气呢？"他开始说话的时候，脸上就显出温和的神色了。

汤姆的神经有些迷乱，这些话的前半，他还极力镇定地倾听着；可是"你的父王"这几个字钻进他耳朵里的时

候,他的脸色就发白了;他立刻就跪下来,好像是腿上中了一枪似的。他举起双手,大声喊道:

"你就是国王陛下?那我的确是完蛋了!"

这话似乎使国王大吃一惊。他那双眼睛不由自主地望望这个的脸,又望望那个的脸,然后他就张皇失措地盯住他面前那个孩子。于是他以深感失望的声调说道:

"哎呀,我本来还以为谣言与事实不符;可是恐怕并不如此。"他深深地叹了一口气,又用温和的语调说,"孩子,到你父王面前来吧;你有点毛病哩。"

"禀告皇上陛下,我说的是真话,请您开恩相信我;因为我是您的百姓当中最下贱的,生来是个穷叫花子,我是偶然遭了个意外的不幸才到这儿来的,不过这事情并不能归咎于我。我现在就死,未免太年轻了;您只要说一句话就能救我的命。啊,请您说吧,陛下!"

"死?不要说这种话吧,可爱的王子——你心里受了刺激,快安静安静吧——不会叫你死的!"

汤姆马上跪倒下来欢呼道:

"皇上啊,您这样慈悲,上帝会给您好报应,祝您万寿无疆,恩被四方!"然后他一下跳起来,满脸喜色地转向那两个侍从喊道:"你们听见了吧!不叫我死:这是皇上的御旨!"除了大家都毕恭毕敬地鞠了一躬而外,没有人动弹;可是谁也没有说话。他有点心慌,迟疑了一会之后,胆怯地转向国王说道,"现在我可以走了吧?"

"走?要是你想走,当然可以。可是你为什么不再待一会儿呢?你打算到什么地方去?"

汤姆把眼睛往下看,谦恭地回答说:

"恐怕是我弄错了;可是我的确以为我恢复自由了,所以我就想回到那狗窝似的家里去;我是在那儿生来就受罪的,不过究竟有我的母亲和两个姐姐住在那儿,所以那总算是我的家;这里的豪华富贵我可是不大习惯——啊,陛下,我求您让我走吧!"

国王沉思了一会,没有作声,他脸上露出越来越严重的愁容和不安。随即他又说:

"或许他只在这一方面神经错乱,谈到别的问题,他的理智大概就没有什么毛病吧。但愿上帝保佑,是这样才好!我们来试一试吧。"国王的声调里含着几分希望。

他用法文问了汤姆一个问题。汤姆因为那么多眼睛盯着他,觉得很窘,所以他站在那儿停了一会没有作声,然后才胆怯地说道:

"禀告陛下,我没有学过这种文字。"

国王在床上往后一倒。仆役们连忙去扶他,可是他挥手叫他们走开,说道:

"不用麻烦——我这不过是一阵败血症的发晕。把我撑起来!对,这就行了。过来吧,孩子。好,把你那慌乱的头靠在你父亲的胸前，安下心去吧。你不久就会好的；这不过是一阵暂时的神经错乱罢了。你不要害怕；你不久就会好的。"然后他转过脸去向着在场的人；他那温和的态度改变了，眼睛里射出很凶的闪电似的光来。他说：

"你们都听着！我这儿子是疯了；可是并不是永久的发疯。这是由于念书太用功，还有点管制得太严的缘故。丢开他的书，不要他的老师！你们赶快遵办。让他痛痛快快地玩，想些好办法给他解闷，好叫他恢复健康。"他再把身子支起了一些，抖擞精神地继续说道："他疯了；可是他究竟是我的儿子，究竟是英国的太子；无论疯与不疯，反正是要叫他登位！你们还要听清楚，并且要宣布：谁要是把他有毛病的消息说出去，那就是危害全国的治安和秩序，准叫他上绞架！……拿点水给我喝——我心里发烧；这桩伤心事使我心力交瘁……喂，把杯子拿走……扶着我吧。哈，就这样好了。他疯了，是不是？即令他再疯一千倍，他也还是太子，我当国王的一定承认他。就在明天，我要让他按正式的古礼就太子位。赫德福伯爵，立刻把谕旨传下去吧。"

赫德福伯爵说：

"皇上的圣旨就是法律。"他说罢就站起来，回到他的原位。

老国王脸上的怒气渐渐消失了；他说：

"跟我亲吻吧,我的王子。喂……你有什么可害怕的?难道我不是你的慈爱的父亲吗?"

汤姆被人从国王面前引着走开了,他心里感到沉重,因为他本来存着恢复自由的希望,现在国王最后的圣旨对他这种希望却成了一个致命的打击。他又一次听见一阵阵低微的声音像苍蝇叫似的喊道:"王子,王子来了!"

他在两旁排列着的那些服饰耀眼的躬着腰的朝臣们当中走过的时候,心情越来越低沉了;因为他现在看出了自己的确成了一个俘虏,也许永远会被囚禁在这个金漆的笼子里,老做一个孤零零的、举目无亲的王子,除非上帝对他开恩,给他恢复自由。

从前他的梦想原是非常愉快的,而眼前的现实却是多么可怕啊!

第六章　汤姆习礼

大臣们把汤姆引到那陈列豪华的最大房间里，请他坐下——这是他不情愿做的事情，因为他身边有些年长的人和职位很高的人。他请求他们也坐下，可是他们只鞠躬致谢，或是小声地表示谢意，大家仍旧站着。他本想再请他们坐，可是他的"舅父"赫德福伯爵对着他的耳朵悄悄地说：

"殿下，请您不要催他们坐；他们在您面前坐下是不合适的。"这时候有人通报圣约翰勋爵求见，他向汤姆鞠躬致敬，然后说道：

"臣奉皇上钦旨，差遣来此，有要事禀告，需要保守机密。可否请殿下吩咐侍从人等暂行回避，仅留赫德福伯爵一人？"

赫德福看出汤姆似乎不知道应该怎么办，就悄悄地告诉他做个手势，如果不想说话，尽可以不必开口。侍从的臣子们退出之后，圣约翰勋爵说：

"皇上陛下有谕：由于关系国家安危的重大原因，王子殿下应尽其所能，多方注意隐瞒自己有病的消息，以待健康恢复，一切如常。殿下万不可向任何人否认自己是真正的王子，应继承大英王位；同时必须保持王子的尊严，接受符合历来习惯的敬礼和仪式，不得用语言或手势表示拒绝；王子由于幻想过度，以致损害健康，影响了理智的健全，因此信口乱说出身寒微，生活卑贱，今后务须注意，万勿失言；王子对于一向熟识的面孔，务须极力回忆——万一记不起来，也要保持缄默，切勿表示惊讶，或做其他表示遗忘的举动；凡关国家大事，如有疑难，不知应采何等措施，或出言不知如何措辞，切勿显露慌张神

色，使好奇的旁观者看出破绽；凡遇此种情况，王子应采纳赫德福伯爵或小臣的意见；我等奉皇上圣谕，为殿下随身效劳，直至谕旨取消时为止。皇上圣旨如此，钦命向王子殿下致意，并祝上帝赐福，使殿下早复健康，永获天佑。"

圣约翰勋爵鞠躬致敬，退到一边站着。汤姆无可奈何地回答道：

"皇上既有此圣旨，当然无人敢于玩忽，纵有困难，也不能随意搪塞，只求省事。上谕必须遵守。"

赫德福伯爵说：

"皇上有命，王子殿下暂勿读书，或做其他劳心之事；殿下不如多多娱乐，消遣时间，以免赴宴时感觉疲劳，乃至有伤尊体。"

这时候有人通报伊丽莎白公主和洁恩·格雷公主来了。两位爵士互相使了个意味深长的眼色，赫德福赶快向门口走过去。那两个年轻的姑娘走过他身边时，他就低声嘱咐她们说：

"公主们，请你们对他的怪脾气故意装作没有发现，他的记忆力不济的时候，你们也不要表示惊讶——每一桩小小的事情他都要想半天，真叫人看了难受哩。"

同时圣约翰勋爵凑近汤姆耳边说道：

"殿下，请您牢记国王陛下的愿望。您要尽量回忆一些事情——其他一切也要装出记得的样子。千万不要让她们看出您和过去有多大变化，因为您知道这两个老玩伴心里对您多么亲切，要是知道您不好，她们该会多么难受。殿下，您愿意我留在身边吗？——还有您的舅父？"

汤姆做了个手势，还低声说了个"好"字，表示同意，因为他现在已经在学着应付了，他那天真的心里已经打定了主意，要极力按照国王的命令行事。

有一次那轻浮的洁恩小公主冲口而出地向汤姆说了一句简单的希腊话。伊丽莎白公主那双敏锐的眼睛马上就看出对方脸上那副茫然的神气，知道洁恩公主这一招做错了；于是她就帮汤姆的忙，从从容容地用响亮的希腊话叽里咕噜地回答了她，然后马上又把谈话转到别的问题上去了。

时光愉快地度过，而且大体上过得相当顺利。暗礁和沙洲越来越少见了，汤姆越来越感到自然，因为他看到大家都对他很亲切，一心一意来帮助他，并不理会他的错误。后来他听说那两位小公主将要在那天晚上陪他去赴市长的宴会，他心里马上感到轻松愉快，欢喜得跳起来，因为他觉得现在不怕在那无数的陌生人当中没有朋友了；要是在一小时以前，一听到她们要陪他一同去，那就不免会使他感到无法忍受的恐怖了。

这时候大家沉默了一阵，这是一种有所期待的静默，汤姆却不了解它的意义。他向赫德福伯爵瞟了一眼，伯爵就给他做了一个手势——可是他连这个也还是不懂。脑筋

灵活的伊丽莎白又以她那惯有的潇洒态度给他解了围。她行了个鞠躬,说道:

"皇弟可能让我等告辞?"

汤姆说:

"当然,两位公主凡有所求,我无不乐于同意;但眼看两位离去,不免顿失光彩,只可惜我别无上策,不能继续挽留你们。祝你们两位晚安,愿上帝保佑你们!"随后他暗自在心中笑道:"幸亏我在书本里和王子们相处过,还学会了他们那种文雅和优美的言谈,懂得了一点他们说话的习惯!"

那两位光彩非凡的少女走了之后,汤姆疲倦地转过脸去向着他那两个监护人说:

"请问两位大臣,可否容许我去找个安静地方休息休息?"

赫德福伯爵说:

"禀告殿下,您凡事尽管随意吩咐,臣等无不遵命。殿下应当休息,实属急需之事,因为您稍待即须发驾进城。"

他敲了一下铃,马上就有一个小侍进来了,他就吩咐他去把威廉·赫柏特爵士请来。爵士立刻就来到了,他把汤姆引进一个里面的房间。

汤姆走了之后,就剩下了他那两位高贵的监护人在一起了。他们沉思了一会，一面不住地摇头，还在屋子里踱来踱去，然后圣约翰勋爵说道：

"老实说，您觉得怎样？"

"老实说，是这样：国王眼看就快去世了，我的外甥又发了疯，疯子要登王位，疯子要留在王位上。既然英国需要这样，那就但愿上帝保佑我们这个国家吧。"

"的确会是这样。可是……难道您不觉得怀疑吗，关于……关于……"

圣约翰勋爵迟疑了，他终于住了口，不说下去。他显然是觉得有些为难。赫德福伯爵在他面前站住，用明朗和坦率的眼光望着他脸上，然后说道：

"往下说吧——除了我就没有别人听见。为什么事情要怀疑？"

"我很不愿意把心里的话说出来，伯爵，您和他血统这么亲，我不便说。可是我要是有所冒犯，只好请您原谅；您说是否有点奇怪，疯癫居然能使他的举动和态度改变得这么厉害！他的举动和谈吐固然还是有王子的风度，可是有些无关重要的小事，他的表示又和他从前的习惯确实有些不同。疯癫竟致使他连他父亲的相貌都记不起来；他身边的人对他照例要遵行的仪式和礼节，他也忘记得干干净净；还有拉丁文他还记得，希腊文和法文他却都忘了，您说这岂不奇怪？伯爵，您不要生气，还是请您给我说明白一下，让我好放心吧；那我就很感激您了。他说他不是王子，这事情老在我脑子里转来转去，所以……"

"住口，阁下，您说的话是犯叛国罪的！忘了皇上的圣谕吗？我要是听您说这些话，您犯的罪也就有我的份了。"

圣约翰脸色发白，连忙说道：

"我老实承认我犯了错误。请您不要告发我，请您帮帮忙，给我这个恩惠吧，以后我再也不想到这桩事情，再也不谈它了。您千万别给我过不去，否则我就完蛋了。"

"我同意，阁下。只要您承认不再犯，无论是在这里，或是跟别人谈话的时候，您都当作根本没有说过这些话吧。不过您不用担心。他是我姐姐的儿子；他的声音、他的面貌、他的身材，难道不是我从他睡在摇篮里的时候就熟悉的吗？您看见他表现的那些古怪的矛盾事情，都是可以由疯癫产生的，有时候还更厉害。您不记得吗，马雷老男爵发疯的时候，他连自己那熟识了六十年的面貌都忘记了，硬说是别人的；还不止这样，他甚至说他是马利亚·抹大拉①的儿子，还说他的头是西班牙的玻璃做成的；真是，他还不许任何人接触它，唯恐不凑巧，会有粗心的人把它打碎。好心的勋爵，您不必怀疑吧。这正是王子，我认得很清楚——不久他就会当您的皇上了；您把这个记在心里比较有好处，多想

---

① 《圣经·新约》里所说的耶稣的忠实女信徒。

想这个,比您刚才那些念头强些。"

他们又谈了一会,圣约翰勋爵再三声明,他现在的信心是有充分根据的,决不会再被任何怀疑干扰了,借此掩饰他刚才所犯的错误。随后赫德福伯爵就叫他这位同来侍奉王子的大臣先去休息,他自己就坐下来担任看守之责。不久他也就转入深思了。显然是他想得越久,心里就越加烦躁。后来他就开始在屋里走来走去,自言自语地低声说:

"得了吧,他非是王子不可!难道还会有人说,英国竟有两个血统不同,出身不同的角色这样和双生子似的相像得这么出奇吗?而且即令有这种事,居然会有意外的机缘让其中的一个来代替了另外那一个,那就更加是不可解的奇迹了。不会的,那简直是荒唐的想法,太荒唐,太荒唐了!"

随后他又说:

"假设他是个骗子,自称为王子,那么也还自然,也还近情近理。可是世界上何曾有过这样的骗子,皇上把他叫作王子,朝廷上也把他叫作王子,人人都把他叫作王子,他本人却偏要否认这个尊贵身份,极力恳求不要把他升为王子?不对!无论如何,决不会有这种事!这的确是真正的王子发了疯!"

 第七章　汤姆的初次御餐

下午一点钟稍过了一会，汤姆听天由命地受了一场活罪，任凭人家给他打扮起来，准备御餐。他发现自己还是穿得像以前那样讲究，可是一切都不同了，从绉领一直到袜子，一切都变换了。他随即就被引导着气派十足地走进一个宽大而华丽的房间里，那儿已经摆好了一桌给一个人吃的筵席。屋里的陈设都是大块大块的黄金做的，上面还有许多图案，几乎使这些家具成为无价之宝，因为那都是本汶努图的作品。那些豪华的仆役占了半个房间。有一个牧师致了餐前祷词；汤姆因为一向就和饥饿分不开家，非常嘴馋，他正想开始取食，柏克莱伯爵却把他阻挡住了，给他颈上披上了一条餐巾；因为专给皇太子管手巾的要职是由这位贵族家里世袭的。汤姆的司酒也在场，每逢他想要自己斟酒喝，司酒就抢先给他斟了。太子的试食官也在场，随时准备冒着被毒死的危险，遵命尝食任何可疑的菜

肴。这一次他只是一个装点场面的人物,汤姆很少吩咐他执行他的职务;可是没有多少年代以前,曾经有过一些时候,试食官的职务是有危险的,因此并不是一个有人羡慕的煊赫职位。为什么不用狗或是流浪儿来试验,似乎有些奇怪;可是皇家的一切作风都是奇怪的。宫中第一侍从官达赛勋爵也在场,天知道他是干什么事的;可是他反正是

在那儿——那就随它去吧。总膳司也在场,他站在汤姆背后,受站在近处的皇家事务大臣和御厨总管大臣指挥,掌管王子进餐的隆重仪式。除此而外,汤姆还有三百八十四个仆人;可是他们当然并不都在这间屋子里,连四分之一都不到;而且汤姆根本还不知道他有那么多用人。

所有到场的人都在不到一个钟头以前受过严格训练,要记住王子暂时有些神经错乱,当心不要在他有什么荒唐举动的时候表示惊讶。这类"荒唐举动"不久就在他们面前表演起来了;可是这只引起大家的惋惜和忧虑,而没有使他们发笑。他们看见亲爱的王子有了这种毛病,真是感到深重的苦痛。

可怜的汤姆主要是用手指吃饭;可是谁也没有笑他,甚至还故意装作没有看见的样子。他好奇地细看他的餐巾,很感兴趣,因为那是很讲究、很漂亮的材料做的。后来他天真地说道:

"请把这个拿开,免得我不当心的时候把它弄脏了。"

世袭的手巾大臣恭恭敬敬地把它拿开,他一声不响,也没有任何反对的表示。

汤姆很感兴趣地把萝卜和莴笋仔细看了一阵,然后问问那是什么东西,是不是可以吃的;因为这两种菜从前都是作为奢侈品从荷兰输入的,最近才有人在英国种植。

他的问题有人非常恭敬地给他回答了,谁也没有表示惊讶。他吃完饭后的点心之后,就把口袋里装满了栗子;可是大家都装作根本没有发觉他这种举动,谁也没有因此而吃惊。

这一顿饭吃完之后,就有一位大臣进来,在汤姆面前端着一只大而浅的金盘子,里面盛着很香的玫瑰水,给他漱口和洗手指;专管手巾的世袭大臣站在一边,手里拿着一条餐巾供他使用。汤姆不知所措地瞪着眼睛对那只盘子望了一会,然后把它端到嘴边,郑重其事地喝了一口。然后他把盘子交还那伺候着的大官,说道:

"不行,阁下,我不喜欢喝这个;这种酒味道倒是很香,可是太没有劲头。"

王子的病态心理又有这种古怪的表现,这使得他身边的人都心痛了;可是这种不幸的情景却没有引起任何人发笑。

汤姆其次的一个不自觉的错误,就是正当牧师在他椅子后面刚刚站定,举起双手,闭上眼睛,抬起头来,正要开始祝福的时候,他却站起来离开了餐桌。可是大家还是装作没有看出王子干了什么反常的事情。

随后由于我们这位小朋友自己的要求,他被引到他的私室里去了,陪送他的人把他独自留在那儿,让他自由自在。那橡木壁板上的钩子上有一副晃亮的钢制盔甲,一件件分开挂着，上面都用黄金嵌着精致的美丽图案。这套武士的甲胄是属于那个真王子的——这是王后巴尔夫人新近送他的礼物。汤姆穿上胫甲、臂铠和插着羽毛的盔，还有他不要别人帮助就能穿上的其他各件，随后他就想要叫人来帮忙，把其余的东西都穿上。可是他又想起了吃饭的时候带回来的栗子，觉得现在可以自由自在地拿出来吃，没有那一大堆人看着，也没有那些世袭的大官来帮他的忙，惹他厌恶，那该是多么好玩；所以他就把那几件漂亮东西归还原处，不久就砸起栗子来了；这是他为了他有罪，被上帝罚他当了王子以来，第一次几乎感觉到自自然然的快乐。栗子通通吃完了之后，他就东翻西找地在一个壁橱里找到了几本有趣的书，其中有一本是关于英国宫廷的礼节的。这是个宝贝。他就在一张豪华的长睡椅上躺下，全神贯注地开始研究礼节了。现在我们就让他在那儿待着，暂时不再谈他吧。

 第八章　御玺的问题

大约在五点钟左右,亨利八世从一阵不大舒服的午睡中醒过来,自言自语地嘟囔着,"噩梦呀,噩梦呀!我的末日快到了;从这些预兆可以看得出,还有我的脉搏很弱,也足以证明。"随后他眼睛里射出邪恶的光来,嘟囔着说,"可是我要叫'他'先完蛋,然后我自己再死才行。"

他的仆人看见他已经醒了,就有一个人告诉他说,大法官在外面等候朝见,问他意思怎样。

"让他进来,让他进来!"国王急切地大声喊道。

大法官进来跪在国王床前说道:

"我已经把命令传达下去,现在上院的贵族们遵照皇上御旨,都穿着礼服,站在上院的特别法庭里;他们在那里判定了诺阜克公爵的死刑之后,正在恭候陛下对于此事进一步的圣旨。"

国王听了很高兴,他脸上露出一种凶恶的喜悦。他说:

"把我撑起来！我要亲自到国会去，亲手在执行令上盖上御玺，了结掉我这……"

他的声音接不下去了；一片灰白的惨色扫除了他脸上的红晕；仆人们扶着他仍旧靠在枕头上，连忙拿些强心剂来挽救他。随后他就悲伤地说：

"哎呀，我多么渴望着这个时刻来到！哎，可惜来得太晚了，我坐失了这个向往已久的机会。可是你们要赶快，你们要赶快！我既不能干这桩痛快事情，就让别人去干吧。我要把御玺委托给几位大臣：你们快把负责的人选出来，替我去办这桩事。喂，赶快呀！不用再过一昼夜，就要把他的头拿来给我看。"

"谨遵圣旨，定当照办。可否请陛下吩咐将御玺交还给我，以便我赶快去办这桩事情？"

"御玺！难道不是你，还有别人保存着御玺吗？

"禀告陛下，两天以前您就从我手里拿去了；您说非等您亲手把它盖上诺阜克公爵的死刑执行令，不许再拿它作别的用途。"

"噢，我的确是这么说过；我记得很清楚……我把它怎么安置的！……我非常衰弱了……这些天来，我的记忆力老是不济事，专跟我捣蛋……真奇怪，真奇怪——"

国王模模糊糊地自言自语起来，暂时软弱无力地摇着他那灰白的头，摸索似的想要回忆起他把御玺放在什么地方。最后赫德福伯爵大胆地跪下来,报告御玺的下落——

"陛下,恕我冒昧,这里有几个人都记得您把御玺交给了太子殿下保存,准备……"

"不错,一点也不错!"国王打断他的话说,"快去拿来!快去。时间过得太快了!"

赫德福伯爵飞跑到汤姆那儿,可是他不久就空着手,焦急地回到国王这里来。他说了下面这么一段话:

"皇上陛下,我给您带来这么沉重和讨厌的消息,真是抱歉;可是王子的病还没有好,天意如此,无可奈何;他竟想不起曾经接到过御玺这回事。所以我赶快回来禀报,因为如果在王子殿下所在的那一长排房间和花厅里进行搜寻,我觉得那不免浪费宝贵的时间,而且还毫无……"

伯爵说到这里,国王呻吟了一声,把他的话打断了。过了一会之后,国王陛下才以含着深愁的声调说道:

"不要再去打搅他吧,可怜的孩子。上帝在严厉地责罚他,我心里对他不胜爱怜,只可惜我这饱经忧患的衰老的肩头不能替他承担罪孽的担子,使他获得平安。"

他闭上眼睛,低声自言自语了一阵,忽然又沉默了。过了一会工夫,他又睁开眼睛,茫然地向四周张望,后来他一眼瞟见了跪着的大法官,立刻就怒气冲天地涨红着脸说道:

"怎么,你还在这里!我当天发誓,你如果不去把那个叛徒的事情办好,你自己的脑袋明天就要搬家,你的帽子也就要休假了!"

吓得发抖的大法官回答道:

"皇上圣明,小臣恳求您开恩!我是在此等候御玺的。"

"呸,你疯了吗?我从前时常随身携带着的那颗小御玺在我宝库里放着哩。大御玺既然不见了,就用这个不行吗?你疯了吗?快滚!你听着——不把他的头带来,就不许你再进宫。"

可怜的大法官赶紧离开了这个危险地方;被推选负责处理这件案子的大臣们也连忙奉圣旨去批准那奴颜婢膝的国会决议的办法,规定第二天就执行英国头等贵族、不幸的诺阜克公爵的死刑。

 第九章　河上的盛况

晚上九点钟，皇宫前面整个河滨大马路上都是一片灯烛辉煌的景象。河里向城内那一面，凡目力所及的地方，水面上都挤满了船夫们的船和游玩的彩船，船边上都挂着彩色灯笼，被波浪轻柔地摇荡着，看去就好像是一片无边无际的百花怒放的花园，被夏天的微风吹得微微动荡一般。

四五十只华丽的御艇排成一行，向石阶靠拢。这些豪华的大游船都漆着富丽的金色，它们那高起的船头和船尾都雕刻着精致的花纹。有几只船上还装饰着飘扬的旗幡；另有几只挂着金丝锦和绣着纹章的花帷；还有些船上飘着绸子的旗帜，旗上系着无数小银铃，每逢微风一吹，这些银铃就发出一阵一阵的悦耳的音乐；另外还有一些排场更大的船，因为是属于那些侍奉在王子身边的贵族的，所以两旁都用盾牌卫护着，盾牌上还雕刻着华丽的纹章。每只御艇都用一只差船拖着。这些差船上除了划船的水手而

外，每一只上面都载着一些头戴晃亮的钢盔、身披胸甲的兵士，还有一队乐师。

期待中的游行行列的前卫这时候在大门口出现了，那是一队戟兵。然后有王子的仆役，身穿金红二色相间的号衣，把一幅带条纹的厚毡子或是地毯摊开，铺在这两排戟兵之间。这一招完毕之后，宫殿里面就奏起了一阵响亮的号声。河上的乐师们又奏了一个生气勃勃的前奏曲；于是有两个拿着白色指挥棍的前导官从门口摆着缓慢而庄严的步子前进。他们后面跟着一个手执权标的官员，他背后又来了一个捧着京城宝剑的官；再后面是京师卫队中的几位军士，他们都是带着全副装备、袖子上都有臂章的；随后是身穿官服的嘉德纹章局长；再后面是几个巴斯级的骑士，每人袖子上都缠着一条白丝带；然后是他们的扈从；然后是身穿红袍、头戴白帽的法官；然后是英国大法官，他穿着深红色礼服，前面敞开，镶着白毛皮的边；然后是穿红袍的京都市参议会代表团；然后是穿着礼服的各市民团体的领袖。跟在他们后面的是十二个法国贵族的侍从，他们穿的华贵礼服包括白色锦缎上用金线配着线条的夹衣、镶着蓝紫色线缎里子的艳红色天鹅绒的短斗篷和淡红色的灯笼裤；他们顺着石阶往下走。这十二个人是法国大使的随从，他们后面跟着十二个穿着毫无装饰的黑天鹅绒礼服的西班牙大使的随从骑士。跟在这些人后面的是几位英国大贵族,还带着他们的随从人员。

宫里又传出一阵号声;王子的舅父,未来的摄政王桑莫赛大公爵从大门里出来了。他转过身去,脱下那插着羽毛的帽子,非常恭敬地弯下身去,开始往后退,每走一步就行一个鞠躬礼。随后有一阵很长的号声和一声呼喝:"赶快回避,太子爱德华殿下驾到!"宫殿的墙头高处有一长排通红的火舌随着雷鸣般的一声炮响向前跳动;河面上聚集的人群轰轰地发出一阵欢迎的吼声;这一伟大的场面的主人公汤姆·康第出场了,他只微微地把他那高贵的头点了一下。

他穿着一件华丽的白缎子紧身衣,胸前配着一块紫色的金丝缎,那上面嵌着许多宝石,镶着貂皮的边。他在这上面披着一件白底金丝缎的斗篷,斗篷顶上是一个三根翎毛的顶饰,里子镶的是蓝色缎子,斗篷上嵌着珍珠和宝石,前面用一个钻石别针扣着。他颈上挂着嘉德勋章[①]和几个外国的王子勋章;凡是有光线射到他身上的地方,都有宝石反射出炫目的光芒。啊,汤姆·康第,他不过是个小破房子里出世的穷孩子,在伦敦的贫民窟里长大的,一向与破烂、肮脏和苦难结了不解之缘,现在这番景象却是多么煊赫啊!

---

① 嘉德勋章是英国的最高勋章。

# 第十章　落难的王子

我们上次说到约翰·康第拖着合法的王子往垃圾大院里去，后面跟着一群嘈杂而高兴的闲人。只有一个人替被抓的孩子求情，但是没有人理睬他；大家骚动得一团糟，他的声音连听也没有人听见。王子继续挣扎，希图脱身，并且对他所遭的侮辱大发脾气，直到后来，约翰·康第简直忍耐不住了，他就忽然暴怒起来，把他那根橡木棍举到王子头上。唯一替那孩子求情的人一下子跑过去挡住康第的胳臂，于是打下来的一棍就落在这个人的手腕上了。康第大声吼道：

"你来管我的事吗，是不是？那就叫你尝尝滋味吧。"

他的棍子在那管闲事的人头上狠狠地敲下去；于是随着一声惨叫，就有一个模糊的人影倒在人群的脚下，随即他就在黑暗中独自躺在地下了。闲杂的人群又拥挤着前进，他们的兴致丝毫也没有因这一幕插曲而受到打搅。

随后王子就发现他自己已经到了约翰·康第家里；约翰关上了门，把那一群人关在外面。王子在一支插在瓶子里的蜡烛的微弱光线之下看出了这个令人作呕的狗窠的大致轮廓，也看出了屋里那些人的模样，两个邋遢的女孩子和一个中年妇人在一个角落里靠着墙哆嗦，她们那样子就像几个受惯了虐待的畜生，现在也正在战战兢兢地等待着虐待。从另一个角落里有一个衰老的母夜叉披着灰白的头发，瞪着一双凶恶的眼睛，悄悄地走过来。约翰·康第向她说：

"等一等！这儿有一出怪有趣的滑稽戏。您别打搅，先开开心再说；完了之后您尽管爱怎么使劲儿就怎么使劲儿打。站过来吧，小把戏。现在你再把那一套傻话说一遍吧，要是你没有忘记的话。先说你的名字吧。你叫什么？"

因受辱而激起的血液又涨到王子脸上来了，他抬起头来，愤怒地定睛注视着那个人的脸上说道：

"像你这种家伙居然吩咐我说话，真是太无礼了。刚才我就告诉过你，现在再给你说一遍吧：我就是太子爱德华，不是别人。"

这个回答所引起的令人失神的惊讶使得那母夜叉牢牢地在原地站住，好像脚底下钉了钉子一般；她几乎连气都透不过来了。她瞪着眼睛盯住王子，显出一种傻头傻脑的惊讶神情，这使她那坏蛋儿子大感兴趣，因此他发出了一

阵响亮的笑声。可是汤姆·康第的母亲和两个姐姐的反应却不同。她们害怕汤姆挨打的恐惧心理马上就变为另一种痛苦了。她们脸上含着悲痛和惊惶的神色,连忙跑向前去惊喊道:

"啊,可怜的汤姆,可怜的孩子!"

母亲在王子面前跪下,伸手按在他肩上,眼眶里含着泪,爱怜地注视着他的脸。然后她就说:

"啊,可怜的孩子!你傻头傻脑地念那些书念入了迷,终归遭了殃,弄得发疯了。哎,我早就警告过你,叫你不要念,你为什么偏要念呢?你简直把你妈妈的心伤透了。"

王子注视着她的脸上,温和地说:

"好心的太太,你的儿子并没有毛病,并没有发疯。你放心吧;他在皇宫里,你让我回宫里去,我的父王马上就会把他交回给你。"

"你说国王是你的父亲呀!啊,我的孩子!千万别这么胡说吧,你说这种话会被治死罪的,你的亲人也会遭殃。你醒一醒吧,别再做这种可怕的梦了。把你那颗可怜的野马似的心叫回来,想想从前的事情呀。望着我吧。难道我不是生你和爱你的母亲吗?"

王子摇摇头,怪不情愿地说:

"上帝知道我不愿意伤你的心;可是我实在是从来没有见过你的面哩。"

那女人晕了，往后一倒，坐到地板上；她用双手蒙着脸，不由得伤心痛哭起来。

康第伸出宽大的手掌在王子肩膀上啪的一声打了一掌，把他打得东歪西倒地倒在康第大嫂怀里，她就把他抱在胸前，用自己的身子掩护着他，顶住康第的拳头和巴掌像急雨般的一阵捶打。

那两个女孩吓得退回她们的角落里去了；可是她们的祖母却急切地走上前来，帮助她的儿子。王子从康第大嫂怀里挣扎出去，大声喊道：

"你不用替我吃苦头，太太。让这两个畜生尽量在我一人身上打个够吧。"

这句话更惹得那两个畜生大怒，于是他们就加紧干起来。他们两人互相帮忙，把那孩子痛打了一顿，然后又打那两个女孩和他们的母亲，为的是她们不该对那受难的孩子表示同情。

"好吧，"康第说，"你们都去睡觉。这番款待，简直把我累坏了。"

随后就熄了灯，全家都睡觉了。当那一家之主和他的母亲的鼾声表示他们已经睡着了的时候，那两个女孩子马上就爬到王子躺着的地方，温柔地把干草和破絮盖在他身上，不叫他受凉；她们的母亲也爬过去，抚摸他的头发，对他哭起来，同时还对着他的耳朵悄悄地说了些安慰和爱怜的话。她还给他留下了一口吃的东西给他吃；可是这孩子因为痛得太厉害，简直就没有食欲了——至少对这点无味的黑面包皮是没有胃口的。他为了她那样勇敢而不惜牺牲地保护他，为了她对他的怜恤，大受感动；于是他用很高贵的、王子派头的口吻向她道谢，请她去睡觉，把她的苦恼忘掉。此外他还说，他的父王不会辜负她这番忠心的好意和热忱，一定会酬谢她。他这样再发"疯癫的毛病"，又使她大为伤心，于是她再三把他使劲儿在怀里拥抱了一阵，才满脸流着眼泪回到她的"床上"去了。

在她躺着想心事和悲伤的时候，她心里渐渐起了一个念头，她觉得这个孩子无论是否发了疯，反正是有一种汤姆·康第所没有的、难以说明的特点。她无法形容这个特点，也说不出究竟是怎么回事，可是她那母性的本能似乎是觉得到、看得出这点区别。

于是她不声不响地动手把蜡烛再点着，一面低声自言自语道："刚才他说梦话的时候，我要是瞧见他，那我就准明白了！自从他小时候火药在他面前炸了的那一天起，他每逢忽然从梦中惊醒，或是正在想事的时候惊醒过来，他就老是伸手挡在眼睛前面，就像他那一天那么样；可是他伸出手去和别人的姿势不同，不是把手掌向里，而是把手掌转向外面——我瞧见过无数次了，从来没有两样，也没有不做这个举动的。不错，现在我马上就可以明白了！"

这时候她已经用手遮住蜡烛的光，悄悄地摸到那酣睡的孩子身边。她小心谨慎地在他身上弯下腰去，抑制着兴奋的情绪，几乎停止了呼吸；然后她突然把蜡烛的光射到孩子脸上，同时在他耳边用指节敲着地板。孩子马上就把眼睛睁得很大，惊骇地瞪着眼睛向四周张望了一阵——可是他并没有用手做出什么特别的动作。

这可怜的女人突然遭到惊讶和懊恼的袭击，几乎弄得不知如何是好；可是她极力把她的情绪隐藏起来，还是哄着那孩子再睡觉；然后她悄悄地走到一边，很懊丧地暗自思量着她这次实验的不幸的结果。

后来王子因为不再被这可怜的母亲打搅，他的痛楚也渐渐失去了搅扰睡眠的力量，于是极度的疲劳终于封住了他的眼睛，使他安静地酣睡了。时间一小时又一小时地溜过去，他仍旧睡得像死人一样。四五个钟头的工夫就是这样过了。然后他的睡意开始减轻。不久他就在半睡半醒的状态中含糊地喊道：

"威廉爵士！"

"你怎么不舒服了？"他身边有人悄悄地问道，"你在叫谁？"

"叫威廉·赫伯特爵士。你是谁？"

"我？我不是你的姐姐南恩，还会是谁？啊，汤姆，我忘了！你还是在发疯哪——可怜的孩子，你还是在发疯哪,我还不如根本没有醒来再听你这些疯话哩!可是千万请你别再胡说,要不然咱们都得挨打,一直到打死才算完事!"

大吃一惊的王子稍稍翻身坐起来,可是他那些发僵的伤处忽然感到一阵剧痛,使他清醒过来,于是他就在那一团肮脏的干草当中往回卧倒,一面呻吟着,不由自主地喊叫道:

"糟糕,那么原来还不是个梦呀!"

片刻之间,睡眠已经替他消除了的深沉的悲伤和苦痛又全部涌上心头,他发觉他已经不是宫中的一个娇生惯养的、为全国的人的爱慕的眼光所注视的王子,而是一个穿得破破烂烂的叫花子、流浪儿,一个关在只配给畜生住的窝里的俘虏,跟乞丐和小偷混在一起了。

在这一阵悲伤之中,他开始听到外面有些欢腾嘈杂的喊声,好像是只相隔一两排房子的距离。再过了一会,门口就有几声很响的敲门声;约翰·康第停止了打鼾,问道:

"谁敲门呀?你来干吗?"

有一个声音回答:

"你知道昨晚上你的棍子打着的是谁?"

"我不知道,你管不着。"

"恐怕你回头就得改变个说法吧。你要是打算留下你这条命,那就除了逃跑没有别的办法。那个人现在断气了。他就是安德鲁神甫呀!"

"我的天哪！"康第惊喊了一声。他把全家人叫醒，粗声粗气地命令道，"你们都快起来，赶紧逃跑——要不然就待在这儿等死！"

还不到五分钟之后，康第这一家人就到了街上，慌忙逃命。约翰·康第揪住王子的手腕子，拉着他在黑暗的路上往前急跑，同时低声给了他这么一个警告：

"你这疯头疯脑的傻子，千万不许乱说，也别说出咱们的姓名。我马上就要改个新名字，叫衙门里那些狗东西找不着抓我的线索。可不许乱说呀，我告诉你！"

他又凶狠地对家里其余的人说：

"万一咱们走散了，大伙儿就上伦敦桥那儿去；谁要是走到了桥上最后的那家麻布店那儿，就站住等着别人来到，然后咱们就一同逃到南市去。"

这时候这伙人忽然从黑暗中冲到光亮的地方了；而且不但是到了光亮的地方，还到了聚集在河边上唱歌、跳舞和呐喊的成千成万的人群当中。尽目力所及地望过去，只见泰晤士河的下游沿岸到处都是祝火；伦敦桥也被灯光照得很亮；南市桥也是一样；整个的河上都被闪烁辉煌的彩色灯光照得通红，花炮不断的爆炸使天空充满了四处放射、缤纷交织的光辉和密雨似的炫目的火花，几乎使黑夜变成了白昼；到处都是狂欢的人群；伦敦全城似乎都在任意胡闹一般。

约翰·康第暴怒地咒骂了一声，命令退却；可是已经来不及了。他和他那一家人被那万头攒动的人群所吞没，马上就无可奈何地被冲散了。我们并不是把王子当成他家里的一分子；康第仍旧揪住他没有放手。王子的心这时候被脱逃的希望激动得剧跳起来。康第拼命地挤，企图从人群中钻出去，于是他粗鲁地把一个健壮的水手猛推了一把；这个水手或许是喝醉了酒，兴致很高，他就伸出一只大手按在康第肩膀上说：

"嘿，伙计，你跑得这么快，要上哪儿去？所有的老实人都在痛痛快快地庆祝，难道你脑子里还在为一些肮脏的事情转念头吗？"

"我自己的事情自己管，用不着你瞎操心，"康第粗鲁地回答道，"你快撒手，让我过去吧。"

"你的脾气这么坏，我可偏不让你过去，非叫你先喝一杯酒给太子祝贺不行，我告诉你。"那水手坚决地挡住去路，说道。

"那么，把杯子给我吧，快点、快点！"

这时候别的喝贺酒的人也对他们感兴趣了。大家喊道：

"拿爱杯①来，拿爱杯来！叫这个怪脾气的坏蛋喝爱杯，要不咱们就把他推到河里去喂鱼。"

于是有人拿过一只绝大的爱杯来；那水手用一只手抓

---

① 爱杯是一种有好几个柄的大酒杯，可以几个人用来轮流喝酒。

住杯子的一边把柄,另一只手捏着一条想象中的餐巾,按照正式的古礼把爱杯递给康第;康第也就不得不按照历代相传的仪式用一只手握住爱杯另一边的把手,另一只手揭开杯盖。这么一来,当然就使王子暂时没有人揪住。他不失时机,马上就往身边那些树林似的人腿当中一钻,逃得无影无踪了。转瞬之间,他就沉没在那动荡的人海里,要想寻找他,就像从大西洋里寻找一个六便士的银币那么困难。

他不久就明白了这种情况,马上就忙着干他自己的事情,再也不往约翰·康第身上想了。另外他还很快地明白了一桩事情。那就是,有一个假太子冒充着他自己,正在受京城的宴饮祝贺。他很容易推断那就是贫儿汤姆·康第有意利用他那千载一时的机会,成了一个僭位的角色。

因此王子只有一条路可走——找到市会厅[①]去,宣布自己的身份,揭露那个小骗子。他还打定了主意,让汤姆有一段相当的时间,忏悔祈祷,然后按照当时惩治叛国罪的法律和惯例,处以绞刑,挖出肠肚,肢解尸体。

---

① 市会厅是伦敦市举行各种盛大集会的公共会场。

 第十一章　市会厅的盛会

御船由它那一队豪华的游艇陪伴着,庄严地从一片无边无际的灯烛辉煌的船当中穿过,顺着泰晤士河往下走。空中飘荡着音乐;河边到处升起庆祝的火焰;远处有无数视线以外的祝火把天空照得通红,城内就笼罩在它们那柔和的火光之中;城市的上空高耸着许多细长的尖塔,上面都镶饰着闪烁的灯笼,因此远远地看去,它们就好像是投向高空的镶着宝石的标枪一般;那一队御船飞快地划过去的时候,两岸就有不断的大声欢呼、不停的礼炮的火光和轰隆轰隆的响声向船上表示欢迎致敬。

那一队御船到了杜乌门之后,就被拖着走进清澈的华尔河(这条河的河道现在早已盖在一大片房屋底下,有两世纪之久了),一直开到巴克勒斯伯里,沿途经过的一些房屋和桥梁都拥挤着狂欢的人,而且都点着光辉灿烂的灯火,最后终于在伦敦旧城的中心一个小湾里停住了;这就

是现在的御船场所在的地方。汤姆下了船,他和他那些威武的侍从人等横过契普赛街,再经过老犹太街和碑信浩街走了一段短路,就到了市会厅。

汤姆和那两位小公主都由伦敦市长和市参议员们戴着金链子、穿着大红礼服,按照正式礼仪出来迎接,再由传令官做前导,一路报告王子殿下驾到,还有侍卫拿着权标和宝剑在前面走,引着他们到大会厅上首的一个富丽堂皇的华盖下面。伺候王子和他那两个小朋友的侍从官和宫女都到他们的座位后面站着。

祈祷谢饭之后,汤姆就站起来(这是随侍的大臣教给他的)——全厅的人也跟着站起来——他和伊丽莎白公主从一只金质大爱杯里各人喝了一口酒;随后酒杯就递给了洁恩公主,再从她那里递给全体在座的人都喝了一遍。御宴就是这样开始了。

半夜里,宴饮的狂欢到了极点,化装舞会开始了。

汤姆高高地坐在上位,注视着这场"狂欢的"舞蹈,一心望着下面那些服装华丽的人影像旋风似的舞动着,呈现出那种炫目的千变万化的色彩混成一团的奇景;正在这时候,那穿着破衣服的真正的太子却在市会厅门口宣布他的权利和不幸的遭遇,他揭露了那冒充的太子,大吵大闹地要进来!外面的人群对这场风波极感兴趣,大家拼命挤上前去,伸长脖子来看这个小捣乱鬼。随后他们就开始辱骂和嘲笑他,故意逗得他更加愤怒,更加使他们开心。耻辱激起的眼泪迸到眼眶里来了,可是他坚持着站住不动,以十足的身家气派对抗着那群暴徒。跟着又是一阵辱骂,新的嘲笑刺痛着他,于是他大声喝道:

"我再给你们说一遍吧,你们这群无礼的恶狗,我是太子!我现在虽然举目无亲,没有人给我说句公道话,或是在我遭难的时候救救我,可是我决不能让你们赶走,还是要坚持站在这里!"

"无论你是不是王子,那反正是一样,你真是个有骨气的孩子,而且也不是没有朋友!我就站在你身边,可以证明这句话不假;我告诉你吧,我迈尔斯·亨顿给你做个朋友虽然算不了什么,可是用不着你到处去寻找。你且不用再开口吧,孩子,我会说这些下贱的小畜生所

说的话，就像是一个本地人说的一样。"

说话的人的服装、气派和态度都表现他是个落魄王孙。他身材高大，体格端正，壮健有力。

这时有人伸手去抓王子，那位陌生人也来得快，他马上就抽出了他那把长剑，用剑面噼啦地猛敲了一下，就把那多事的人打倒在地下了。随着就有许多人齐声嚷道："揍死这个狗东西！揍死他！揍死他！"一大群暴徒向这位武士围拢，他就把背靠着墙站着，像个疯子似的向周围挥动他的长剑。挨了剑的人一个个东倒西跌，可是暴徒们像潮水似的从那些人扑倒的身体上继续涌上前来，愤怒不息地向这位勇士猛冲。他似乎是再也支持不下去了，势必性命难保，偏巧这时候忽然响起了号声，有人嚷道："快让路呀，国王的传令官来了！"随即就有一队骑兵向那群暴徒急冲过来，大家只好亡命地飞跑，逃脱危险。那勇敢的陌生人把王子抱在怀里，不久就远离人群，逃出险境了。

我们现在再回到市会厅里面来吧。忽然有一阵响亮的号声压倒了那庆祝的狂欢中欢呼雷动的声音。大家立刻就静默下来，鸦雀无声了；然后有一个人高声说话——那是皇宫里派来的传令官——他开始扯着尖嗓子念一道谕旨，所有的人都肃立静听着。最后的一句话特别念得严肃，那就是：

"皇上驾崩！"

在场的人全体一致把头垂到胸前；大家极端沉默地把这种姿势保持了几分钟；然后全体同时跪下，向汤姆伸出手去，发出一阵洪亮的呼声：

"皇上万岁！"这声音似乎把屋宇都震动了。

可怜的汤姆望着这个惊心动魄的场面，不由得把他那双迷乱的眼睛东张西望，最后他恍恍惚惚地向那跪在他身边的两位公主望了一会，然后又望着赫德福伯爵。他忽然动了一个念头，脸上也就露出了欢喜的神色。他靠近赫德福伯爵的耳边，低声说道：

"请你凭良心说话，老老实实地回答我！我想要颁布一道谕旨，那是除了国王而外谁也没有权利颁布的；要是我把它颁布出来，大家会不会服从？该不会有人反对吧？"

"不会，皇上，全国都不会有。陛下是英国的一国之主。您是皇上——您说的话就是法律。"

汤姆用坚强而诚挚的声调，兴高采烈地回答道：

"那么从今以后，皇上的法律就是仁慈的法律，再也不是血腥的法律了！快起来，到塔里去，宣布皇上有谕，诺阜克公爵免死！"

这几句话立刻就被别人听见了，于是大家在嘴头把这个消息传播出去，很快就在大会厅里传遍了；赫德福急忙从御前走开的时候，又有一阵异常洪亮的欢呼爆发了：

"血腥的统治完结了！大英皇上爱德华万岁！"

# 第十二章　王子和他的救星

迈尔斯·亨顿和小王子摆脱了那一群暴徒之后，马上就穿过一些背街小巷，匆匆向河边奔逃。他们在路上没有受到阻挡，一直跑近了伦敦桥；然后他们又在万头攒动的人群中挤着往前走，亨顿紧紧地握着王子的——不，国王的——手腕子。那惊天动地的消息已经四处传开，这孩子同时从无数的人声中听到了——"皇上驾崩了！"这个不幸的消息使这漂泊无依的孩子心头打了个寒战，把他激动得浑身发抖。他体会到他所遭的损失有多么大，心中充满了深切的悲恸；因为那位威严的暴君虽然对别人横暴无比，对他却是向来很慈爱的。热泪涌到他眼眶里来，使他视觉蒙眬，一切都看不清楚了。在那一刹那间，他感到自己是上帝的生灵中最孤苦伶仃、举目无亲、没人理睬的了——这时候又有另一片呼声像响雷似的震动了夜空："爱德华六世皇上万岁！"这使他高兴得眼睛里发亮，一股得意的情

绪立刻渗透全身,连手指尖上都感觉到了。"啊,"他心里想,"这显得多么庄严而又神奇呀——我当了国王!"

我们这两位朋友在桥上从人群中穿过,慢慢地往前走。这座存在了六百年的桥在那些年代里一向都是一条熙熙攘攘的通道,它是个稀奇的建筑物,两旁紧密地排列着许多商店,楼上尽是些住家的房屋,从河的一边一直伸展到对岸。

亨顿的住处就在这座桥上的小客栈里。他带着他那位小朋友走近门口的时候,有一个粗暴的声音说:

"好,你总算又来了!我老实告诉你,这回可别想再逃跑了;要是把你这一身贱骨头捣成肉酱,就能叫你得点教训的话,下回也许你就不会让我们这么老等了。"——约翰·康第一面说着,一面就伸出手去,要抓住这个孩子。

迈尔斯·亨顿把他挡住,说:

"先别忙动手吧,朋友。我看你大可不必这样粗鲁。这孩子是你的什么人?"

"你要是专门爱找麻烦、爱管别人的闲事的话,你得知道他是我的儿子呀。"

"胡说!"小国王愤怒地喊道。

"说得好,有胆量,不管你那小脑袋是正常的,还是有神经病,我都相信你。可是这个浑蛋流氓究竟是不是你的父亲,那反正没有关系;只要你情愿跟我在一起,我就不许他把你抓去打骂,他吓唬你的话算是白说。"

"我愿意跟你在一起,我愿意——我不认识他,我讨厌他;我宁死也不跟他去。"

"那就这么决定了吧,别的话再没什么可说的了。"

"你说得好呀,咱们倒看怎么样!"约翰·康第大声说道,一面迈着大步走过亨顿身边,要去抓那孩子,"我要强迫他……"

"你这人面畜生,你要是胆敢碰他一下,我就把你一剑戳穿,就像戳一只鹅那样!"亨顿挡住他,一面把手按在剑柄上,一面说。康第把手缩回去了。"你听着吧,"亨顿继续说,"刚才有一群像你这样的暴徒想要虐待这个孩子,也许还想要他的命,我保护了他;难道你以为现在我会不管他,让他遭到更坏的命运吗?——因为无论你是不是他的父亲——说老实话,我想你是撒谎——像他这么个孩子,要是堂堂正正地让人家很快就弄死,也比落到你这种畜生手里受活罪强得多。好吧,滚开,还得滚快一点,因为我这个人生来没有多大耐性,不爱跟人家多费口舌。"

约翰·康第一面嘟囔着说些威胁和咒骂的话,一面走开,随后就淹没在人群中,不见踪影了。亨顿叫了一顿饭,让茶房给他送上楼去,然后带着他所保护的孩子,爬上三层楼梯,到了他的房间。那是个简陋的屋子,里面有一张破床和几件七零八碎的旧家具,点着两支暗淡的蜡烛,光线相当微弱。小国王拖着脚步走到床边,卧倒在那上面,他因饥饿和困乏,几乎是精疲力竭了。现在已经是清早两三点钟,他将近有一天一夜的工夫,一直都在站着走着,并且还没有吃过一点东西。他困倦地低声说道:

"开饭的时候请你叫我一声。"马上就酣睡起来了。

亨顿眼睛里闪着微笑的光,他自言自语道:

"真是,这个小叫花子上人家屋里来,占据了人家的床铺,他可是若无其事,心安理得,好像什么都是归他所有似的——根本就不说一声对不起或是请不要见怪这类话。他发起神经病来，胡说八道的时候，居然自称为太子，并且还把这个角色扮演得很妙哩。可怜的、无依无靠的野孩子，不消说，他一定是因为受的折磨太多，弄得神经错乱了。好吧，我要做他的朋友；我救了他，这就使我对他发生了深厚的感情；我已经很喜欢这个敢说大话的小坏蛋了。

"他那受了创伤的心灵使他相信自己是太子；嗐，要说现在我们居然还有一个太子的话，那未免是件怪事，因为原来是太子的，现在已经不是太子，而是国王了——这颗可怜的心只怀着那么一个幻想，不肯把道理想清楚，看不出现在应该抛弃王子的称号，自称国王……我在国外坐了七年地牢，一直没有得到过家里的音信，如果我父亲还在世的话，他一定会看在我面上，欢迎这可怜的孩子，给他慷慨的接待；我那好心肠的哥哥亚赛也会欢迎他；我的兄弟休吾……可是他要干涉我的话，我就要敲破他的脑袋，这个狡猾的、坏心肠的畜生！对，我们就往那儿去吧——马上就走。"

一个茶房端了一份冒热气的饭菜进来，把它放在一张小松木桌子上，再摆好椅子，就出去了；像这样的穷客人，他是要让他们去伺候自己的。他出去的时候，还把门使劲儿一带，"砰"的一声把那孩子惊醒了；他一翻身就坐起来，挺愉快地向四周扫了一眼；随后他脸上又布满了愁容，他长叹了一声，喃喃地自言自语道，"哎呀，原来是一场梦。我真伤心啊！"后来他又看见了迈尔斯·亨顿的紧身上衣——他把视线从这件衣服移到亨顿身上，明白了这位好心人为他而牺牲了自己的温暖，于是他就温柔地说：

"你对我很好，真的，你对我太好了。拿去穿上吧——现在我不需要它了。"

然后他就站起来，走到角落里的脸盆架跟前，站在那儿等着。亨顿用愉快的声调说：

"现在我们可以痛痛快快地饱餐一顿了，饭菜样样都是又香又热的，还在冒气哪，你睡了个小觉，再好好地吃一顿，又会成个挺有精神的小伙子了，你放心吧！"

国王吃饭的时候，他那皇家的尊严稍微减少了一点威风，他越吃越高兴，因此就乐于谈话了。他说：

"我记得你好像是说，你叫作迈尔斯·亨顿，我该没有听错吧？"

"是的，皇上，"迈尔斯回答说；然后他心里又这么想，"我要是非顺着这个可怜的孩子的神经病不可，那我就必须称他为皇上，必须称他为陛下，决不能弄得不三不四，既然扮演了这个角色，我就不能有任何顾虑，否则我就会扮演得不好。把这桩好心好意的事情也弄糟了。"

国王喝了第二杯酒，心里就更加有了兴致，于是他说："我想要了解你这个人——你把你的来历告诉我吧。你的举动很有英勇的气派，而且有高贵的精神——你是贵族出身的吗？"

"禀告皇上陛下，我家忝列贵族之末。家父是个从男爵——是较小的勋爵之一，称爵士衔——他是理查·亨顿爵士，住在肯特郡僧人洲附近的亨顿第。"

"这个名字我现在记不起来了。再往下说吧——把你的来历都告诉我。"

"陛下，我的来历没有多少可说的，不过既然没有更开心的事情可说，我讲讲我的来历或许可以供您半小时的消遣。家父理查爵士是很富有的，而且生性非常豪爽。我还是个小孩子的时候，家母就去世了。我有两个弟兄：我的哥哥叫作亚赛，他的心肠正像家父一样；我的弟弟休吾是个卑鄙龌龊的家伙，他贪得无厌，诡计多端，心地狠毒，专爱暗算别人——是个卑鄙阴险的小人。他生下来就是那样；十年前我最后看到他的时候，他也是那样——他才十九岁就成了个十足的坏蛋，那时候我才二十岁，亚赛二十二岁。家里另外没有别人，只有我的表妹爱迪思小姐——那时候她才十六岁——相貌很美，性情温柔，心肠很好，是个伯爵的女儿，她家就只剩下她一个人，一笔很大的财产和那断嗣的头衔都归她继承了。家父是她的监护人。我很爱她，她也爱我；可是她从生下来就和亚赛订了婚，理查爵士不许毁除婚约。亚赛爱上了另外一个姑娘，他叫我们不要灰心，坚持我们的愿望，将来总有一天，日子拖久了，再赶上个好运气，总会让我们各人的好事如愿以偿。休吾爱上了爱迪思小姐的财产，虽然他口头上还是说他爱的是她本人——不过他向来是这样，老是嘴里说的是一套，心里想的又是另一套。可是他的诡计在这位姑娘身上施展不开；他能骗得过我的父亲，可骗不了别人。我父亲在我们弟兄三个当中最喜欢他，也最信任他，最听他的话；因为他是最小的孩子，别人都恨他——这些特点自古以来总是足以博得父母的欢心；他还有一张很甜的嘴，最会哄人，撒谎的本领又特别高明——这些特长又正好能够大大地助长那盲目的疼爱，使它更加入迷。我是有些放荡——说老实话，我还可以进一步承认我的确是非常放荡，不过我那种放荡是天真烂漫的，因为除了我自己，它对谁也没有害处，也不丢谁的脸，也不叫谁受什么损失，又没有任何罪恶和卑劣的意味，对我那高贵的身份也没有什么不适合的。

"可是我那兄弟休吾偏要利用我这种毛病来施展诡计——他知道我们的哥哥亚赛身体不太好，一心希望他短命，他估计着只要把我扫除出去，那就可以使他畅所欲为了——就是这样——可是，皇上陛下，这件事情说来话长，并且还不值得细说。那么，简单说一下，我这位兄弟把我的毛病巧妙地加以夸大，说成一些罪过；他进行这种卑鄙的毒计，到最后就捏造事实，硬说他在我的房间里发现了一根丝绳的梯子——其实是他自己设法弄到我屋里去的——他就凭着这个证据,还收买了几个仆人和另外一些撒谎的坏蛋帮着作伪证,使家父深信我打算违反他的意旨,把我的爱迪思带走,和她结婚。

"于是家父就说,把我从家里驱逐出去,叫我离开英国,在外面流放三年,或许可以使我成为一个军人和有出息的角色,并且还可以使我学到一些聪明智慧。于是我就参加了大陆上的战争,在我那个长期的考验中打出一条出路来;我尝尽了艰难困苦,遭过一些严重的打击,经历过一些冒险的场合;可是在最后一场战斗中,我终于被俘了,从此以后,春夏秋冬,一年又一年地过去,我在一个外国的地牢里一直关了七年。最后我仗着自己的机智和勇气,获得了自由,才一直逃回家乡来;我是刚到的,穷得既没有钱,又没有衣服,至于这沉闷的七年里,亨顿第和那里的人和其他一切究竟发生了一些什么变化,我就更是一无所知。禀告陛下,我这个贫乏的故事已经说完了。"

"你受了无耻的陷害!"小国王说,他眼睛里闪出了愤怒的光。"可是我要给你申这个冤——凭主的十字架起誓,我一定要这么做!这是国王的御旨。"

接着,国王又说话了——他用的是深思的、匀称的语调:

"你救了我,使我没有受到伤害和耻辱,也许还救了我的性命,因此也就挽救了我的王位。这种功劳是应该受

大赏的。你把你的愿望说出来吧,只要是不超出我的王权范围之外,你就可以如愿以偿。"

迈尔斯沉思了几分钟,然后就把一个膝头跪在地下说:

"我那微不足道的效劳原是做臣子的分内之事,因此无功可言;但陛下既然开恩,认为应予嘉赏,我就不揣冒昧,敬恳恩准一事。皇上知道,将近四百年前,英王约翰与法王有仇,当时曾由国王宣布圣旨,命令武士二人在比武场中交战,借此以所谓上帝的裁判解决争端。两位国王和西班牙王都到场来亲自看这场战斗,裁判胜负。这时候法国的武士出场了;但是英国武士们一看他勇不可当,都不肯出来和他交手。这件事情是很重大的,看情形对英王颇为不利，大有弃权认输的趋势。当时英国最大的武士柯绥勋爵被囚禁在伦敦塔里，被剥夺了爵位和财产，并且还因长期囚禁，身体也日见消瘦。这时候有人请他出来应战；他同意了，于是顶盔贯甲，准备出场；但是那个法国人一眼看见了他那魁伟的身材，又听说了他的大名，就马上临阵脱逃，结果法王就输了。约翰王恢复了柯绥的爵位和财产，并且还说，'你有何愿望尽管说出来，我一定照准，即令要与我平分国土，我也在所不惜；'当时柯绥就像我现在这样跪着，回答说，'皇上，我只请求这一件事情：我希望我和我的后代能在大英国王面前有不脱帽子的特权，从今以后，王位一日存在，这种特权就永不取消。'约翰恩准了他的请求，这是陛下知道的；四百年来，这个家系从来没有断嗣的时候；因此直到如今，这个历史悠久的世家的家长还是在国王陛下面前戴着帽子或是头盔，不受阻挡，别人是一概不许这样做的。现在我援引这个前例来帮助我考虑我的愿望，恳求皇上恩准，赐给我一种特权——这就足够奖赏我还有余——此外别无所求；我的愿望是：我和我的后嗣永远可以在大英国王陛下面前坐下！"

"迈尔斯·亨顿爵士，起来吧，我封你为爵士，"国王庄严地说——他用亨顿的剑举行了爵位的授予典礼——"起来坐下吧。你的请愿已经照准了。英国一日存在，王位一日继续，这种特权就一日不取消。"

第十三章 王子失踪

沉重的困倦很快就侵袭了这两个伙伴。国王说:

"替我脱掉这些破布片吧。"——他指的是他的衣服。

亨顿毫无异议,也没有表示什么意见,就替这孩子把衣服脱掉了,他还给他在床上盖好被窝,然后向屋子里张望了一眼,怪伤心地自言自语道,"他又像刚才一样,把我的床铺占住了——哎呀,我怎么办呢?"小国王看出了他的尴尬,就说了一句话,替他解除了困难。他困倦地说:

"你去挡住门口睡吧,要把门守好。"一转眼之后,他就无忧无虑,酣甜地睡着了。

"可爱的小伙子,他应该生为国王才好呀!"亨顿赞叹地低声说道,"他扮演这一角色真是演得了不起哩。"

随后他就挡着门口,在地板上伸直身子躺下,一面心满意足地说:

"我过去那七年住的比这还要坏哪;要是像眼前这样

就埋怨的话，那未免是对上帝有点忘恩负义吧。"

天色黎明的时候，他就睡着了。将近中午，他睡醒起来，那受监护的孩子还在睡乡，他掀开他的被盖——一次只掀开一部分——用一根小绳子量他的身材。正好在他量完了的时候，国王醒来了，他埋怨怎么那么冷，又问亨顿刚才干什么来着。

"已经完了，皇上，"亨顿说，"我有点事情要出去一趟，马上就回来；您再睡一会吧——您需要多睡一睡才行。好吧——我给您把头也蒙上——这样您就会暖和得快一点。"

他这话还没有说完，国王又回到梦乡去了。迈尔斯悄悄地溜出去，过了三四十分钟又悄悄地溜进来；他拿着一全套男孩子的旧衣服，材料是廉价的，上面露出了一些破绽；但是这套衣服还算整洁，而且对这个季节还很适宜。他坐下来，开始检查他刚买来的这几件东西，一面喃喃自语道：

"荷包里要是满一点，就可以买一套好一点的，可是荷包不满，也就只好心满意足，不嫌弃瘪肚子荷包买来的东西才行——

"现在我得叫醒他，给他穿上衣服，倒水给他洗脸，伺候他吃饭，然后我们就赶快到南市的特巴客栈旁边那个市场去，买……皇上，请您起床吧！——他不搭理呀——

嘀,皇上!他睡得这么酣,简直听不见说话了,我恐怕只好冒犯御体,非推他一下不行。怎么啦!"

他把被窝掀开——那孩子不见了!

他大吃一惊,哑口无言地瞪着眼睛向四周望了一会儿;这下他才发现那孩子的破衣服也不见了,于是他就大发雷霆,拉开嗓子叫客栈老板。这时候有一个茶房端着早餐进来了。

"快说,你这鬼东西,要不然我就要你的狗命!"这位武人大吼道,"那孩子上哪儿去了?"他很凶地往那茶房跟前冲过去,把他吓得要命,吓得他舌头打了结,一时说不出话来。

后来这茶房用颤抖的声音上气不接下气地把亨顿所要知道的消息告诉了他。

"老爷,您刚离开这个地方,就有一个小伙子跑来了,他说老爷您叫那孩子马上到您那儿去,他说您在桥上靠南市那一边等他。我就领着他上这儿来;他把那孩子叫醒,说明来意的时候,那孩子埋怨了两声,说他不该'那么早'就吵醒他——哼,他还说太'早'哪——可是他马上就把那身破衣服捆在身上,跟着那小伙子走了,不过他说老爷您应当亲自来接他,不该那么没有礼貌,派个生人来——所以……"

"所以你就是个傻瓜!——傻瓜,那么容易上当——

你们这些东西真该死！不过也许没有谁害他。可能没有谁对这孩子安什么坏心眼儿。我去找他吧。快把饭摆好。别忙！床上的被窝摆得好像有人睡在里面似的——是凑巧那样的吗？"

"老爷，我不知道，您哪。我看见那个小伙子把被窝摆弄了几下——我说的是来找那孩子的年轻人。"

"真该万死！这是故意骗我的——这一招分明是为了拖延时间的。我问你！那小伙子只有他一个人吗？"

"就只他一个人，老爷。"

"真的吗？"

"真的，老爷。"

"你这昏头昏脑的家伙，还是再仔细想想吧，好好地想想——不要忙，伙计。"

那茶房想了一会之后，就说：

"他来的时候，并没有人跟他一道来；可是现在我想起了，他们俩到了桥上，走进人丛中的时候，就有一个流氓相的人从附近一个什么地方钻出来；正当他快要跟他们俩走到一起的时候……"

"后来怎么样？——快说！"急躁的亨顿吼声如雷地打断了他的话。

"正在这时候，人群把他们包围起来了，刚好掌柜叫我回来，我就再也没有看见了。"

亨顿两步当一步地赶快跑下楼去，嘴里嘟囔着，"就是那个下流的坏蛋，他说那孩子是他的儿子哩。我把你失去了，我的可怜的小疯子主人——这实在叫人想起就伤心——我已经对你发生了深厚的感情哩！不！我对天发誓，并没有失去你！你没有失去，因为我要到全国各地去搜寻，不把你找到，誓不甘休。可怜的孩子，他的早饭就在那儿摆着——还有我的一份哪，可是我现在根本不知饥饿了——好，让耗子去吃吧——赶快！赶快！这是最要紧的！"他在桥上东钻西窜地穿过喧嚣的人群的时候，好几次自言自语地说："他抱怨我，可是他还是去了——他去了，是呀，因为他以为那是迈尔斯·亨顿请他去的，可爱的孩子啊——要是别人，他决不会去的，我准知道！"——他翻来覆去地老是这么想，好像这个念头特别使他愉快似的。

第十四章　老王驾崩——新王万岁

在这同一天将近黎明的时候，汤姆·康第从一阵梦魇缠绕的睡眠中惊醒过来，在黑暗中睁开了眼睛。他安静地躺了一会儿，想要分析分析他那些混乱的念头和印象，希望从那里面找出一些意义来，然后他忽然用狂喜而又压低了的声音喊道：

"我全都明白了，我全都明白了！谢天谢地，我终于醒过来了，的确不错！过来吧，快乐！走开吧，烦恼！嗨，南恩！白特！快把你们的稻草甩开，上我这边来吧，我要告诉你们一个离奇的梦，这个梦真是荒唐透顶，黑夜的妖魔编出来的怪梦，从来还没有叫人心里这么吃惊的，你们听了也会不相信！……嗨，南恩！哎呀，白特！……"

一个模糊的人影在他身边出现了，有一个声音说：

"皇上，您有什么圣旨要吩咐？"

"圣旨？……啊，我真倒霉呀，我知道你的声音！快说吧，你说——我是谁？"

"您是谁？千真万确，昨天您是太子，今天您是我最仁慈的天子，大英国王爱德华。"

汤姆把头埋在枕头当中，悲伤地低声抱怨道：

"哎呀，原来还不是个梦！你去休息吧，好心的人儿唷——别打搅我了，我的烦恼让我自己承担吧。"

汤姆又睡着了，过了一会儿，他就做了这么一个愉快的梦。他觉得那是夏天，他独自在一个名叫好人场的美好草场上玩耍，忽然来了一个只有一英尺高的驼背小矮子，脸上长着很长的红胡子，到他跟前对他说："你在那个树墩子旁边挖吧。"他就照办了，结果挖出了十二个晃亮的新便士——惊人的财宝！但是这还不算最好的事情；因为那小矮子说：

"我认识你。你是个好孩子，应该得到奖赏；你的苦难就要完结了，因为你得好报的日子已经到了。你每到七天上这儿来挖一回，每回都可以挖到这么多钱财，十二个晃亮的新便士。不要跟人家说吧——要保守秘密才行。"

于是那小矮子不见了，汤姆就拿着他这份意外之财，飞跑到垃圾大院去，心里一面想着，"我每天晚上给我父亲一个便士；他会以为那是我讨来的，心里也就会高兴，我也就再不会挨打了。教我的那位好心的神甫，我每个礼拜要给他一个便士；剩下的四个就给妈妈、南恩和白特。现在我们再也不会挨饿，再也不会穿破衣服了，再也不用害怕，不用发愁，不用受活罪了。"

他在梦中跑得气都喘不过来，终于跑到了他那肮脏的家里，可是他眼睛里闪烁着兴高采烈的狂喜；他把四个便士扔到他母亲怀里，大声喊道：

"这是给您的！全是，每个都是！——给您和南恩和白特的——这是规规矩矩得来的钱，既不是讨来的，也不是偷来的！"

快乐而又吃惊的母亲把他使劲儿搂在怀里。正在这时，有一个声音大声喊道：

"时候不早了——陛下您可否起床？"

啊，这可不是他所希望的回答，好梦一下子被打散了——他又惊醒过来。

他睁开眼睛——总御寝大臣穿着华贵的衣服跪在他的床边。那个骗人的梦给他带来的快乐随即消失了——这可怜的孩子看出了他自己仍旧是一个俘虏和国王。卧室里站满了披着紫色斗篷的大臣——这是穿的丧服——另外还有许多伺候国王的仆人。汤姆在床上坐起来，从那阴暗的丝绸帐子里面定睛注视着外面那一群讲究人物。

穿衣这一项重大工作开始了，这项工作正在进行的时候，那些大臣一个又一个地到小国王跟前来跪拜，并且对他丧失父王的不幸表示吊唁。

　　一切的事情都有结束的时候,所以后来汤姆·康第终于穿好了衣服,可以起床了。于是专管倒水的官把水倒好,专管洗脸的官给他洗了脸,专管拿面巾的官拿着面巾站在他身边,后来汤姆终于按照规矩完成了盥洗的步骤,准备着让御理发师给他整容。最后他经过这位美容能手的打扮,身上披着紫色缎子的斗篷,穿着紫色缎子的大脚短裤,头上戴着紫色翎毛顶子的帽子,就成了一个仪表优雅的角色,简直像个姑娘那么漂亮。现在他冠冕堂皇地从那些毕恭毕敬的大臣当中穿过,向着早餐的餐室走去;他走过的时候,这些人就向后退,给他让开路来,并且还跪在地下。

　　他吃过早餐之后,就由他的大官们和五十个拿着金色战斧的侍从卫士服侍着,按照帝王的仪式。把他引到坐朝的殿里,那就是他处理国家大事的地方。他的"舅父"赫德福伯爵在宝座旁边站着,准备提出贤明的意见,以助皇上的思考。

　　已故的国王指定执行遗嘱的那些煊赫人物来到汤姆面前,请求他钦准他们的几项决议——这只是一种形式,但又并不完全是一种形式,因为这时候还没有摄政。坎特伯利大主教报告了遗嘱执行委员会关于已故国王陛下治丧事宜的命令,最后宣读了各位执行委员的签名,那就是:坎特伯利大主教;英国大法官;威廉·圣约翰勋爵;

约翰·罗素勋爵;爱德华·赫德福伯爵;约翰·李斯尔子爵;德拉谟主教柯斯柏……

汤姆并没有听着——这个文件前面有一句话使他莫名其妙。这时候他转过脸去低声向赫德福伯爵说:

"他说丧礼决定在哪一天举行?"

"下月十六日,皇上。"

"这真是个荒唐古怪的主意。他经得住这么久吗?"

可怜的小伙子,他对于皇家的习惯还很生疏哩;他看惯了垃圾大院那些可怜的死人很快地被人打扫出去,和这种办法大不相同。但是赫德福伯爵说了一两句话就使他放心了。

一位国务大臣呈上委员会的一道命令,指定第二天十一点钟接见各国大使,希望国王批准。

汤姆用探询的眼光望着赫德福,赫道福低声说:

"陛下应该表示同意。他们是为了陛下和英国遭了那重大的不幸,特地来替他们本国的皇上表示哀悼的。"

汤姆就依照他的吩咐做了。另一位大臣宣读一份关于已故国王的王室开支报告的绪言,说明前六个月里的开支共达二万八千镑——这个数字大得惊人,把汤姆·康第吓得透不过气来;后来他听说这笔开支里还有二万镑没有支付,是赊欠着的,于是他又吓了一大跳;后来他又听说国王的财库几乎是空了,他那一千二百名仆役为了皇室拖欠他们的工资,非常困窘,于是他又大吃一惊。汤姆非常焦虑地说:

"我们分明是快要倾家荡产了。我们应该搬到一所小点的房子里去住,把仆人开销了才对,而且必须这么办,因为他们没有什么用处,徒然耽误事情,他们给人家帮那些忙,简直是叫人精神上受折磨,心里感到羞耻,这些事对谁也不相宜,除非是个木头人,根本没有脑筋,也没有手,自己什么事也不会干,那还差不多。我记得有一所小房子,在河那边,靠近鱼市,在毕林斯门附近……"

汤姆胳臂上让人使劲儿按了一下,叫他停止这种傻话,使他脸红了一阵;可是别人丝毫没有露出任何神色,表示他们注意了这些奇怪的话，或是感到关心。

又一位大臣报告，已故国王曾在遗嘱中决定授予赫德福伯爵以公爵衔，并将他的兄弟汤玛斯·赛莫尔爵士晋级为侯爵，赫德福的儿子晋级为伯爵，另外还对国王的其他大臣赐予类似的升级，因此委员会决议在二月十六日开会，宣布这些恩典，并予以确认；同时还宣布，由于已故国王遗嘱中并未赐予受封人以相当的采邑，使他们足以维持新授爵位的开支，委员会深知他对此事的意旨，因此认为应赐予赛莫尔"地租五百镑的土地"，赐予赫德福之子"地租八百镑的土地，并在再有主教领地充公时，再拨地租三百镑的土地给他"——还说新登位的国王陛下同意这种办法。①

汤姆正想信口说几句话，表示不应当先把已故国王的钱都随便花光，而不清偿债务；但是头脑清楚的赫德福赶紧推了推他的胳臂，才使他没有说出这种欠考虑的话；于是他就颁布谕旨，表示同意，嘴里虽然没有加以批评，内心可是深感不安。

枯燥的事情继续进行着，非常讨厌。大臣们念了一些请愿书、宣言和特许状等等，以及各式各样的冗长、重复和令人厌倦的关于公务的文件；后来汤姆终于怪伤心地叹

---

① 见休谟的《英国史》。

了一口气，小声自言自语道："我究竟犯了什么罪，仁慈的上帝居然叫我离开了田野，离开了自由的空气和阳光，把我抓到这里来，叫我当个国王，受这种活罪呢？"然后他那可怜的昏昏沉沉的脑袋打了一会儿盹，随即就倒在肩膀上了，于是帝国的大事就因为缺少了这个庄严的工具执行批准的权力，暂时停顿下来了。寂静随即就笼罩在这熟睡的孩子周围，国家的贤人们也就不再施展他们的深谋远虑了。

经过两位监护人赫德福和圣约翰的许可，汤姆在上午跟伊丽莎白公主和小洁恩·格雷公主在一起痛痛快快地过了一个钟头；不过这两位公主的心灵都因为皇室遭了那重大的不幸，多少还有些悲恸；在他们拜见终了的时候，汤姆的"姐姐"——后来就是历史上的"血腥的玛丽"——对他作了一次严肃的谒见，使他大为扫兴，在他心目中，这次谒见的唯一好处就是占的时间很短。他独自安静了一会儿，然后又有一个大约十二岁的瘦削的男孩子被引到他面前来，这孩子的衣服除了雪白的皱领和手腕子那儿的花边而外，全是黑的——紧身衣和裤子等等，都是一样。他除了肩膀上戴着一个紫色缎带子打的孝结而外，就没有其他服丧的标志。他低着光头，畏畏缩缩地走到汤姆跟前，把一条腿跪在地下。汤姆坐着不动，认真地把他打量了一会。然后他说：

"起来吧，孩子。你是谁？你来干什么？"

那孩子站起来,文雅而自在地站着,可是脸上露出一种焦急的神色。他说:

"您一定还记得我吧,皇上。我是您的代鞭童。"

"我的'代鞭童'?"

"正是,陛下。我叫作汉弗莱——汉弗莱·马洛。"

汤姆觉得这个孩子实在有些突如其来,他的监护人应该事先给他说明一下才对。现在的情况可真是令人为难。他怎么办呢?——假装认识这个孩子,然后一开口又露出马脚,叫人家看出他从来就没有听说过他吗?不,那是不行的。他忽然灵机一动,想出了一个妙计,这使他感到快慰。他心里想,像这样的意外事件是随时都可能发生的,因为赫德福和圣约翰既然是遗嘱执行委员会的委员,就难免有紧急的公事随时把他们从他身边请到别处去;所以他也许还是要自己想出个主意来,应付临时的变故才好。对,那倒是个聪明的办法——他可以哄一哄这个孩子,看看能收到怎样的效果。于是他就装出为难的神气,摸一摸脑门子,跟着就说:

"我现在好像是想起你一点儿来了——可是我因为遭了痛苦,脑子简直不灵了,有些模模糊糊——"

"最近这两天,陛下学希腊文弄错了三回——都是早上上课的时候——您还记得吗?"

"对——啦——我想我还记得(这并不算怎么撒

谎——只要我这两天学过希腊文来着,那我就不止弄错三回,而是弄错几十回了)。是呀,我现在真的想起来了——你再往下说吧。"

"太傅因为陛下学得不好,说那是什么'心猿意马',他就大发脾气,说是要狠狠地揍我一顿鞭子才行——他还要……"

"揍你呀!"汤姆说;他大吃一惊,简直沉不住气了,"他怎么为了我的过错要揍你一顿呢?"

"啊,陛下您又忘了。您要是功课学得不好,我呀。"

"对了,对了——我忘了。你秘密地教我——结果我要是学得不好,他就认为你教得不得法,所以就……"

"啊,皇上,您这是说的什么话?我是您的最下等的仆人,怎么敢教您呢?"

"那么你还有什么过错?这到底是个什么闷葫芦?难道我真的疯了吗?还是你疯了呢?你给说明一下吧——老老实实地说。"

"可是,陛下圣明,这没有什么可解释的。谁也不能对太子的御体施行体罚;所以太子要是有什么过错,就由我来受罚;这个办法是很对的,因为那是我的职务,也是我的生活。"

汤姆瞪着眼睛望着那沉静的孩子,同时自己心里想着,"瞧,这可真是个稀奇事儿——挺特别、挺古怪的行业；我觉得很奇怪，他们怎么不雇一个孩子来替我让人家梳头和打扮？要是那样，我可真是谢天谢地！——他们要是肯那么办，我情愿亲自挨鞭子，并且还多谢上帝给我这么对调。"于是他大声说：

"太傅已经照他说的话打过你了吗，可怜的朋友？"

"还没有哪，陛下，本来是指定在今天处罚我，可是恐怕会取消这个命令，因为这跟我们所遭的丧事不相称；我不知道到底怎么样，所以我就大胆地到这儿来，把陛下答应替我说人情的事给您提醒一下——"

"跟太傅说吗？让你不挨这顿鞭子吧？"

"啊，您果然还记得！"

"我的记性好起来了，你看得出。放心吧——你的背决不会挨揍——我一定想法子帮忙。"

"啊，多谢，好心的皇上！"那孩子又请了一个安，欢呼道，"我向陛下提出这个请求，也许已经够胆大了，但是……"

汤姆看见汉弗莱有些迟疑，就鼓励他继续往下说，他说他心情正好，愿意多多开恩。

"那么我就大胆说出来吧，因为这是对我关系重大的事情。现在您已经当了国王，不是太子了，您可以随意颁布命令，谁也不敢反对；所以您现在要是再学那些枯燥无味的功课，弄得心烦，那实在没有什么道理，您会把书烧掉，找些轻松的事情开开心。那么一来,我可就完蛋了,我那些无依无靠的姐妹也跟着我一齐倒霉了!"

"完蛋了?请问你,那是怎么回事?"

"仁慈的皇上啊,我是靠我的背吃饭的,我的背要是闲着,我就要挨饿了。您要是不读书了,我就要失业,因为您不需要代鞭童了。请您不要开销我吧!"

汤姆被这可怜的苦恼事情所感动了。他大发帝王的恻隐之心,慷慨地说:

"你不必再担心了,孩子。我决定让你终身担任这个职务,并且还让你子子孙孙永远世袭下去。"于是他举起剑来,在这孩子肩膀上轻轻地拍了一下,一面大声说,"起来,汉弗莱·马洛,大英王室的世袭代鞭童!忘记忧愁吧——我一定再读起书来,并且还要读得很坏,使你的职务大大地繁重起来,那么他们为了公平合理,就不得不给你加两倍工钱了。"

感恩不尽的汉弗莱热烈地回答道:

"多谢多谢,啊,高贵的主人,您这样皇恩浩荡,实在是大出我那些胡思乱想的美梦之外。从此以后,我一生一世都快乐了,马洛全家的人子子孙孙也都快乐了。"

汤姆是很有机智的,他看出了这个孩子对他很有用处。他鼓励汉弗莱说话,这孩子也很愿意说。他相信他能帮忙"治好汤姆的病",心里很高兴;因为他每回把这位小国王在皇家书房里和皇宫里其他地方所经历的各种新鲜事情的细节向他那神经失常的脑子提醒一下，马上就看出汤姆能够把那些情况清清楚楚地"回忆"起来。谈了一个钟头之后，汤姆就觉得他对于朝廷里的人物和事情获得了许多很有价值的知识；因此他就决定每天利用这个来源，探听消息；为了这个目的，他就要下一道命令，规定汉弗莱每次进宫的时候，只要皇上没有接见别人，就让他到国王的私室里来。

汤姆刚把汉弗莱打发出去，赫德福伯爵就来了，他给汤姆带来了新的麻烦。他说遗嘱执行委员会的大臣们唯恐有什么关于国王神经失常的过甚其词的谣言泄露出去，到处传开了，所以他们认为再过一两天之后，皇上应该开始当众用餐——万一有什么不好的谣言已经传出去了的话，只要国王神色正常，精神饱满，再加上特别注意，使态度显得泰然自若，举动自然而斯文，那就一定能安定人心，比其他任何办法都更加有效。

然后伯爵就非常审慎地开始指导汤姆，他很勉强地借口要"提醒"他一些"早已知道的事情"，把他在这个隆重的场合上所要遵守的礼节告诉他，但是汤姆在这方面并不大需要帮忙，这使伯爵大大地喜出望外——关于这件事情，汤姆运用了汉弗莱告诉他的消息，因为汉弗莱从那迅速传播的宫中闲谈听到了风声，曾经向汤姆提到过他在几天之内就要当众用餐。但是汤姆却保守了秘密，没有把这些事实说出来。

伯爵一看皇上的记忆力大大好转了，就用表面上显得随随便便的态度，大胆地提到几件事情来测验他，试试他的记忆力究竟好转到了什么程度。结果是东一处西一处很有些地方令人满意——凡是汉弗莱提供了线索的地方，汤姆都答得很好——整个说起来，伯爵是大为高兴的，而且也增强了信心。结果他因为信心太高，居然大胆提出了一个问题，用很有希望的语气说：

"现在我相信陛下脑子里如果再稍微思索一下，一定能把御玺的谜解开——遗失御玺，昨天还是一件重大的事情，不过今天就不算什么了，因为它的有效期限已经随着前王的生命而终止了。陛下可否记一记试试？"

汤姆茫然不知说什么才好——御玺这东西，他是从来没有听说过的。他迟疑了一会儿，就傻头傻脑地抬起头来望着，问道：

"伯爵，御玺像个什么样儿？"

伯爵吃了一惊，但是几乎看不出来，他低声自言自语地说："哎呀，他的脑筋又出毛病了！——要是再叫他继续想事情，那是很不聪明的。"然后他巧妙地把话题转开，希望把那不幸的御玺从汤姆脑子里扫除出去——他这个目的很容易就达到了。

 第十五章　汤姆当了国王

第二天各国大使带着派头十足的随从来到了；汤姆非常庄严地坐在宝座上接见他们。那个辉煌的场面起初使他看着很感兴趣，并且还使他心花怒放，但是接见的时间太长，又很枯燥，大使们的致辞也多半是这样——因此这件事情开始虽然使他高兴，后来可渐渐地显得令人厌倦，并且还使他想起家来了。

汤姆·康第当了国王的第三天的经过还是和头两天大体相同，但是他总算有一方面轻松了一些——他不像起初那样不自在了；他渐渐习惯于他的遭遇和环境；他身上的锁链仍旧磨得他发痛，但是并不老是那样；一个钟头又一个钟头在他头上飞过去，他也就觉得那些大人物在他面前对他那么恭敬，越来越不怎样使他感到痛苦和狼狈了。

假如不是有一件事情使他提心吊胆，他看到第四天快到的时候，就不会十分着急了——那件事情就是当众

用餐；这是要从那一天开始的。日程里还有些更重大的事情——那天他还要临朝主持一次会议，大臣们将要在会上听取他的意见和命令，决定他对全世界远近各国打算采取的外交政策；赫德福还要在那一天正式被选为摄政大臣；另外还规定了要在那一天解决一些别的重要事情；但是在汤姆看来，这些事情都比叫他当众用餐还要轻松一点；他觉得自己一个人吃饭，却有无数双好奇的眼睛盯住他，无数张嘴悄悄地批评他的举动——假如他运气不好，犯了错误，也要受人议论——这实在是顶受罪的事情了。

然而那第四天是无法阻拦的，它果然来到了。

那一天，汤姆无精打采，心神恍惚；这种情绪继续下去，他简直摆脱不了。上午的一般公事在他手头迟缓地挨过去，使他感到厌倦。于是他又觉得那种坐牢似的心情沉重地侵袭着他。

下午较晚的时候，他在一个宽大的朝见室里和赫德福伯爵谈话，正式等待着许多重要官员和大臣预定举行朝拜的时刻。

后来汤姆随便走到一个窗户跟前，对皇宫大门外面的大马路上熙熙攘攘的情景很感兴趣——他并不是消极地感兴趣，而是满心渴望着亲自去参加那种热闹和自由的生活——过了一会儿，他看见一大群乱嚷乱叫的、乌七八糟的、最穷和最下等的男男女女和孩子前面领头的一些人，从大路上面走过来。

"我真想知道这是怎么回事啊!"他充满了一个孩子对那种情景的好奇心,大声说道。

"您是皇上!"伯爵毕恭毕敬,庄严地说,"陛下是否可以让我执行圣旨?"

"啊,好极了,照办吧!啊,我很高兴,照办吧!"汤姆兴奋地大声说道,随即又心满意足、自言自语地说,"真是,当个国王并不完全是枯燥无味的——这种生活也有它的代价和好处。"

伯爵叫了一个小侍来,派他到警卫队长那儿去传达命令:

"奉皇上圣旨,挡住那一群人,问清楚他们为什么那么热闹。"

过了几秒钟,就有一长排皇家卫队穿着晃亮的钢制盔甲,从大门里开出去,在那一大群人前面拦住了马路。一个报信的差使回来了,他报告那一群人是跟着去看一个男人、一个女人和一个年轻的姑娘被处死刑,他们犯的罪是扰乱治安和破坏王国的尊严。

给这些可怜的无辜百姓处死刑——而且还是惨死呀!这个念头使汤姆大动恻隐之心。同情心支配着他,使他对其他一切都顾不到了;他根本没有想到这几个犯人所触犯的法律,也没有想到他们给予受害者的苦痛或损失,他除了绞刑架和悬在被判死刑的犯人头上的悲惨命运而外,什么也想不到。他的关切甚至使他暂时忘记了自己不过是一个国王的替身,而不是真正的国王;他还没有想到这一点,就冲口而出地发了一个命令:

"把他们带到这里来!"

随后他满脸涨得通红,一句类似道歉的话几乎说到嘴边上了;但是他一看他的命令对于伯爵和侍童都没有引起什么惊讶,他就把正待说出的话抑制下来了。侍童以理应遵命的态度,深深地鞠了一躬,就向后退出这个房间,传达御旨去了。汤姆感觉到一阵强烈的自豪,重新体会到做国王的苦痛换来的好处。

这时候有几扇门敞开了;有人通报了一个又一个的响亮的头衔,跟着就是具有这些头衔的人物进来了,于是这地方很快就被高贵人物和华丽衣裳挤满了一半。

稍过了一会儿,就听见一些军人的整齐步伐走过来了,犯人们在一个副执法官的看管之下,由一小队国王的卫队监护着,来到国王面前。那位文官向汤姆跪拜了一下,然后站在旁边;那三个死囚也跪下来,一直跪着不动;卫队在汤姆的椅子背后站定了。汤姆好奇地把那几个犯人仔细打量了一番。那个男人的衣服和外表似乎并不陌生,这在他心中引起了一种模糊的回忆。"我好像觉得从前看见过这个人……可是想不起是什么时候和什么地方了。"——汤姆的念头就是这样。正在这时候,那个人迅速地抬头望了一眼,又迅速地把面孔低下去了,因为他没有胆量正视皇上那种威严的风度;但是汤姆总算把他的全部面目瞥了一眼,这也就足够了。他心里想,"现在事情已经很分明了;这就是刮着大风、冷得要命的新年第一天把斋尔斯·威特从泰晤士河里打捞出来,给他救了命的那个陌生人——那是个勇敢和好心的行为——可惜他又干了坏事,把自己弄得这么遭殃……我还没有忘记那个日子,连时间都还记得;这是因为过了一个钟头以后,正打十一点的时候,我让奶奶狠狠地揍了一顿,这一顿打得特别厉害,所以在那以前或是在那以后发生的事情和这顿毒打比较起来,就好像是慈母的抚爱和拥抱似的。"

于是汤姆就下令把那个妇人和姑娘暂时从他面前带出去一会儿;然后他就对那副执法官说:

"请问你,这个人犯了什么罪?"

那位小官跪下来回答说:

"禀告陛下,他用毒药毒死了一个人。"

汤姆对这个犯人本来是深表同情的,他对他救出那个快淹死的孩子的英勇行为也非常敬佩,现在他这种心情却受到了极沉重的打击。

"这件事情已经证实是他干的吗?"他问道。

"非常清楚,皇上。"

汤姆叹了一口气,说:

"把他带走——他是罪有应得的。真可惜,他是个勇敢的好汉哩——不——不,我是说他的相貌好像很勇敢。"

犯人突然使劲儿把双手交叉起来,绝望地拧着,同时用一些断断续续的、满含恐惧的话向"国王"哀求:

"啊,国王陛下,您要是能可怜可怜遭难的人,那就请您可怜可怜我吧!我是没有罪的——他们给我加的罪名也是证据不足的——可是我要说的不是那个;给我判决的死刑已经定了,那也许不能更改;可是我在绝路上还要请求一个恩典,因为我的死法实在是叫我受不了。开恩吧,开恩吧,国王陛下!请皇上大发慈悲,恩准我的请求吧——请您发个圣旨,给我处绞刑吧!"

汤姆吃了一惊。他指望的结果不是这样。

"哎呀,我的天哪,这真是个稀奇的请求!他们给你判的死刑不是这样吗?"

"啊,善心的皇上,不是这样!他们判决了把我活活地煮死!"

这话简直把人吓得要命,几乎使汤姆从椅子上跳起来了。他刚一清醒过来,马上就大声喊道:

"你可以如愿,可怜的人!即令你毒死了一百个人,也不应该让你死得那么惨。"

犯人磕下头去,把脸都碰到地下了,他热情地说了一大堆感激的话——末尾是这么一句：

"万一您将来遭到不幸——那当然是天不许的事情！但愿人家记得您今天对我的恩典，报答您的好心！"

汤姆转过脸去，向赫德福伯爵说：

"伯爵，给这个人判这么残酷的刑罚，难道能叫人相信那是有法律根据的吗？"

"陛下，照法律规定，治放毒犯是用这种刑罚。德国惩治造假钱的犯人，是把他们下油锅炸死——还不是一下就丢进去，而是把他们用绳子拴着，慢慢地往下放；先炸脚，再炸腿，再……"

"啊，伯爵，请你不要再说下去，我受不了！"汤姆喊道，他双手把眼睛蒙起来，遮住那副惨象。"我请你赶快下个命令，修改这条法律——啊，千万不要再让可怜的老百姓受这种活罪吧。"

伯爵脸上显出极度的喜悦，因为他也是个心地慈悲和宽大的人——在那凶恶的时代，他那个阶级里的人有这种好心肠，真是少见。他说：

"陛下这句高贵的话从此把这种刑罚禁止了。这件事将要名垂青史，永远是您皇家的光荣。"

副执法官正想要把他的犯人带走；汤姆做了个手势，叫他等一等；然后他就说：

"我还要把这件事情问问清楚。这个人刚才说过他的罪行证据不足。你把你所知道的告诉我吧。"

"敬禀皇上，审案的时候，问明了这个人走进了艾林顿小村里一个人家，那里躺着一个病人——有三个见证人说那是在上午正十点钟，有两个说还要迟几分钟——当时只有病人在家，并且还睡着了——那个人刚进去又出来，跟着就走掉了。他走了之后，病人连抽筋带呕吐，简直痛得要命，还不到一个钟头就死了。"

"有谁看见他放毒吗？发现了毒药没有？"

"啊，没有，皇上。"

"那么，怎么会知道有人放了毒呢？"

"敬禀陛下，医生证明除非中了毒，病人临死的时候决不会有那种症候。"

这就是有力的证据——在那个脑筋简单的时代。汤姆看出了这个证据的严重性，就说：

"医生是内行的——也许他们对了。这事情对这个可怜的人似乎是不利的。"

"但是还不单只这个，陛下；另外还有更厉害的证据哩。有许多人证明从前有个巫婆曾经预言过这个病人会要被人毒死，现在那巫婆早已离开那个村子，谁也不知道她上什么地方去了；她是私自对着他们的耳朵小声说的——她还说放毒的是个陌生人——一个棕色头发的、穿着一身破烂的普通衣服的陌生人；当然这个犯人和捉人的传单上说的是完全相符的。陛下，这个事实既然是有巫婆预言过的，当然就非常可靠，请您承认这是个有力的证据吧。"

在那迷信的时代，这是个非常有力的理由。汤姆觉得这桩事情是确定了；如果重视证据的话，这个可怜人的罪状就算是证明了。但是他还是给了犯人一个机会，他说：

"如果你有什么能替自己辩护的话，你就快说吧。"

"我说不出什么有用的话，皇上。我是没有罪的，可是我无法证明。我没有朋友，否则我可以证明那天我根本就不在艾林顿；并且我还可以证明他们所说的那个时候，我离那儿有三英里远，因为我在华宾老码头哪；噢，还有呢，皇上，我还可以证明，他们说我要人家的命的时候，我可正在给人救命呀。有一个孩子在河里快淹死了——"

"不要说了！执法官，你快说那是哪一天的事情！"

"圣明天子，那是新年第一天，上午十点钟，或是稍迟几分钟，那时候……"

"把犯人释放了吧——这是国王的意旨！"

他这句不合国王身份的感情用事的话又使他脸红了，于是他极力掩饰他这个失当的命令，补充了一句：

"只凭这种靠不住的、粗枝大叶的证据，就把一个人处绞刑，真是使我生气！"

一阵表示敬佩的低沉的议论声在御前的人们当中迅速地传开了。那并不是敬佩汤姆所宣布的命令，因为他赦免了一个定了罪的放毒犯，在场的人没有几个会觉得应该承认那是恰当的，也不会有人敬佩他这种举动——不，大家所敬佩的是汤姆表现的智慧和精神。有些低声的议论是这样的：

"这并不是个疯子国王——他的脑筋是清醒的。"

"他那些问题问得多么聪明——他这样突然采取果断的手段处置了这件事情，跟他本来的天性多么像呀！"

"谢天谢地,他的神经病已经好了!这不是个小糊涂蛋,而是个真正的国王。他简直像他的父亲一样有气魄。"

空中充满了赞扬的声音,汤姆耳朵里当然就听到了一点。这对他所起的作用是使他大大地安心了,同时也使他周身充满了欢悦的感觉。

但是他那年轻的好奇心不久就胜过了这些愉快的念头和情绪;他急切地想要知道那个妇人和那个姑娘究竟是遭了什么致命的大祸;于是就由他发出命令,把那两个吓得要命的、哭哭啼啼的可怜虫带到他面前来了。

"她们这两个犯了什么罪?"他问执法官。

"敬禀陛下,有人告发她们犯了邪恶的大罪,并且清清楚楚地证实了;因此法官就按照法律判决她们的绞刑。她们把灵魂出卖给魔鬼了——这就是她们的罪状。"

汤姆打了个冷战。人家曾经教过他,要憎恨犯这种罪的人。但是虽然如此,他还是不打算放弃这个机会,偏要获得那满足好奇心的愉快;于是他就问道:

"她们是在什么地方干的这件事情?——什么时候干的?"

"十二月有一天半夜里——在一所破教堂里干的,陛下。"

汤姆又打了个冷战。

"有谁在场?"

"只有她们两个,陛下——另外还有'那一个'。"

"她们承认了吗?"

"没有,她们没有承认,皇上——她们是否认的。"

"那么,请问是怎么知道的?"

"有几个见证人看见她们上那儿去,陛下;这就引起了怀疑,后来又有些确凿的事实证明了这种怀疑是不错的。特别重要的是她们利用这么得来的魔力,引起了一场暴风雨,结果把邻近一带地方完全毁坏了。有四十多个见证人证明了有这场风暴;其实要找一千个见证人也没有问题,因为大家都遭了这场暴风雨的灾害,当然都不会不记得。"

"这实在是一桩严重的事情。"汤姆把这个邪恶的罪行在心里反复地想了一会儿,然后问道:

"这个女人也受了这场暴风雨的灾害吗?"

在场的人当中有几位老人点了点头,表示他们承认这个问题问得很聪明。但是执法官却没有看出这一问有什么重大的意义;他直截了当地回答道:

"她当然受了灾害,陛下,这是她应得的报应,大家都是这么说。她住的房子被大风刮跑了,她自己和她的孩子都弄得无家可归。"

"她运用魔力给自己带来了这么大的灾难,我看她这种魔力可真是花了不小的代价换来的。即令她只花一个铜板,那也是受骗了;可是她居然把她的灵魂和她的孩子的灵魂作代价,这就足见她是疯了;她既然是疯了,也就不知道自己所干的事情,所以也就不算犯罪了。"

那些年长的人又一次点头,称赞汤姆的聪明,有一个人低声地说:"如果像谣言所说的,国王自己是个疯子,那么我所知道的某些人要是能凭上帝的神意,染上他这种疯病,倒反而可以使他们的脑筋更清楚一点哩。"

"这孩子多大年纪?"汤姆问道。

"九岁,敬禀陛下。"

"请问你,法官,按照英国法律,儿童也可以跟人家订约,出卖自己吗?"汤姆转过脸去,问一位有学问的法官。

"皇上,法律不许儿童决定或是干预重大事情,因为他们的头脑太幼稚,还不能对付大人的智力和阴谋。魔鬼如果情愿的话,他可以买一个孩子,孩子也可以同意,但是英国人可不行——只要是英国人,他们的契约就作为无效。"

"英国法律剥夺英国人的特权,反倒让魔鬼有这种自由,这似乎是一件很粗鲁的、不合基督教精神的事情,制定这条法律是欠考虑的!"汤姆认真激动地大声说道。

他对这件事情的新奇见解引起了许多人微笑,并且有许多人把它记在脑子里,预备在宫廷里到处转述,证明汤姆不但在心理健康方面有进步,而且还有创见。

那个年长的犯人已经停止哭泣了,她怀着兴奋的情趣和逐渐增长的希望,聚精会神地倾听着汤姆的话。汤姆看出了这种情形,这使他的同情心强烈地倾向于这个在危难和无亲无友的处境中的女人。随后他就说:

"她们掀起暴风雨是怎么办的？"

"陛下，她们用脱下袜子的办法。"

这使汤姆吃了一惊，同时也把他的好奇心激动到狂热的程度。他急切地说：

"这真是奇怪！她们这种做法，随时都有这么可怕的效果吗？"

"随时都有的，皇上——至少是只要这个女人有这种愿望，并且还念些必要的咒语，无论是在心里或是在嘴里念都行。"

汤姆向那女人转过脸去，迫不及待地说：

"施展你的魔法吧——我愿意看见一场暴风雨！"

在场的那些迷信的人忽然都脸色惨白起来，大家都想走出这个地方，只是没有流露出来——汤姆对这一切都不在意，因为除了他所要求的那一场激变而外，无论什么事情都不能引起他的注意。他看见那女人脸上显出一种为难和诧异的神情，就很兴奋地补充了两句：

"不用害怕——决不会怪你。不但如此——我还要释放你——谁也不许动你一下。施展你的魔法吧。"

"啊，皇上陛下，我并没有什么魔法——我是受冤枉被人告了。"

"你的恐惧心理使你不敢做。尽管大胆吧，决不会叫你吃亏。你造成一场暴风雨吧——哪怕是顶小的一场也不要紧——我并不需要大暴风雨,也不需要有害的,我的愿望恰好相反——你只要这么做,就饶了你的命——一定放你出去,还让你带着孩子,这是国王的特赦,你在全国都不会受任何人的伤害和欺负。"

那妇人扑倒在地下,流着泪发誓说,她实在没有做出这个奇迹的魔力,否则既然服从国王这个命令,就可以得到这么大的恩典,她单只为了救她的孩子的命,也心甘情愿,自己还愿意牺牲哩。

汤姆又怂恿了一阵——那妇人仍旧坚持她的申辩。最后他就说:

"我想这个女人说的是真话。假如我的母亲处在她的地位,也有魔鬼的本领,那她一定片刻都不迟疑,马上唤起暴风雨,把全国都毁得一塌糊涂,只要她施展魔法,就可以挽救我被判死刑的命,她一定会那么干!足见别的母亲们天生是一样的心肠。现在你免罪了,太太——你和你的孩子都没有事了——因为我觉得你们是无罪的。现在你既然赦了罪,再没有什么可怕的了——你把袜子脱掉吧!——你要是能给我掀起一场暴风雨,我就让你发财!"

那得救的可怜人说不尽地感激,于是她就开始遵命行事;汤姆以迫切期待的眼光望着,多少还有几分提心吊胆;同时大臣们都显出分明的焦虑和不安。那妇人把自己的脚脱光了，还脱掉了她的小女孩的袜子，她显然是尽力要引起一次地震来报答国王的宏恩，但是结果完全失败，使人大失所望。汤姆叹了一口气说：

"算了吧，好人，你不必再费劲儿了，你的魔力已经跑掉了。你放心走开吧；随便什么时候，你如果恢复了你的魔力，那可不要忘记我，千万要来给我掀起一场暴风雨呀。"

 第十六章　御餐

御餐的时刻渐近了——但是奇怪得很，这个念头并没有引起汤姆多大的不安，恐惧的心理更是几乎没有。那天上午的经验已经大大地建立了他的信心；这个可怜的小家伙经过四天的习惯之后，已经在他这个新奇的安身之所过得很熟习了，比一个成年人过了整整一个月还要熟习哩。小孩子适应环境的本领没有比这个表现得更出色的了。

现在让我们这些享有特权的人赶快到大宴会厅去，看看那儿的人替汤姆安排一切，让他进行这次排场十足的御餐的情况吧。那是个宽大的房间，大柱和墙柱都是涂着金漆的，墙上和天花板上都绘着图画。门口站着高大的卫士，站得笔挺，像雕像一般，他们都穿着富丽而鲜艳的服装，拿着长柄的戟。宴会厅的周围有一道高高的回廊，那上面有一个乐队，还拥挤着许多男男女女的市民，都穿着光彩夺目的衣裳。在那个房间当中的一个高台子上，摆着

汤姆的餐桌。现在让古代的史官来叙述吧：

一位侍臣拿着权标走进屋里来，和他同来的另外还有一位，拿着台布，他们两人非常恭敬地跪拜了三次之后，拿台布的侍臣就把它铺在餐桌上，然后他们又跪拜了一次，才一同退出；随后又进来了两个，一个还是拿着权标，另外那一个拿着一只盐瓶子，一只碟子和面包；他们像先来的那两个人一样下跪之后，再把带来的东西放在桌子上，又行过先来的人所行的礼节才出去；最后来了两位衣冠华丽的贵族，其中一个拿着一把尝味的刀，这两个人以极度感恩的态度拜倒一番之后，走到桌子跟前，用面包和盐把桌子擦了一遍，他们都显出万分敬畏的神情，仿佛国王在场一般。

庄严的准备工作就此结束了。这时候，我们听见那发着回声的长廊里远远地传来一阵吹号的声音，还有一阵模糊的喊声，"给皇上让路！快给最圣明的皇上陛下让路！"这些声音时时刻刻都被重复着，而且越来越近了，后来军号的声音几乎就在我们面前响起来，同时还有响亮的喊声，"给皇上让路！"这时候光彩夺目的行列出现了，大家排着队用整齐的步伐从门口走进去。现在再让史家来叙述吧：

前面走着的是些侍从、男爵、伯爵、嘉德勋章爵士，都是穿得很讲究、光着头的；其次是大法官，他左右有两个侍从,一个拿着国王的御笏,另一个拿着一把装在红鞘里的御剑,鞘上镶着金色的百合花纹,剑梢向上;后面来的是国王本人——他一出现,就有十二支号和许多鼓一齐响起来致敬,表示热烈的欢迎,同时长廊里的人们都在原位起立,欢呼"上帝保佑皇上!"他后面跟着随侍的贵族,左右有他的御前警卫,那就是他那五十名侍从卫士,都拿着金色的战斧。

这一切都是辉煌耀眼,喜气洋洋的。汤姆的脉搏急促起来,眼睛里闪着快乐的光芒。他的举止表现得相当优雅,尤其是因为他并没有想着自己在怎样装模作样,所以就更加自然。

他在餐桌前面坐下,并没有脱去帽子;他这么做的时候,丝毫也不慌张:因为戴着帽子吃饭是国王们和康第家里的人一致具有的唯一皇家习惯,以他们对这种习惯的熟习程度而论,这两家原是不相上下的。随侍御驾的行列分开了,他们很美观地排列成几组,仍然光着头站着。

御前卫士们进来了,他们都光着头,穿着大红制服,背上绣着金色的玫瑰花;这些人来回地走着,每一次都端进一份用盘子盛着的菜肴。这些菜肴由一位侍从接过来,他还是照那些人递菜的仪式把一份一份的菜接到手,放在餐桌上,同时试食官把他所端来的每一道菜分一口给每个卫士尝试,以防有毒。

汤姆痛痛快快地吃了一顿,不过他老是感觉着有成百成千的眼睛望着他把每一口食物送到嘴里,盯着他吃下肚去;即令他吃的东西是一种致命的炸药,足以把他炸得血肉横飞,那也不能引起他们更深切的兴趣吧。

 第十七章　疯子一世

迈尔斯·亨顿连忙往伦敦桥靠南市那一头走，一面睁着大眼睛搜寻他所寻找的那几个人，盼望着很快就能赶上他们。但是结果他却大失所望。他东问西问，总算有人指点他在南市跟踪了一段路程；后来就完全找不着踪影了，他简直不知如何是好。但是他在那一天还是拼命地找，一直找到天黑。到了黄昏的时候，他把腿都跑酸了，肚子也饿得要命，而他的愿望仍旧是一场空；于是他在特巴客栈吃了晚饭，就去睡觉，决定第二天清早就动身，再到全城各处去彻底搜寻一番。他躺在床上一面寻思、一面盘算的时候，随即就开始这么推想：只要有机会，那孩子一定会从他那真假不明的父亲手里逃掉；他会不会回到伦敦去，找他原来住过的地方吗？不，他不会那么办，他要避免再被人抓住。那么，他究竟会怎么办呢？他从前一直就没有一个朋友，也没有人保护他，直到后来遇到我迈尔斯·亨

顿，才算是有了救星，所以他只要是无须冒着危险，再到伦敦去，他当然就会要设法再把这个朋友找到。他会往亨顿第去，那才是他所要采取的办法，因为他知道亨顿正在回家去，他到那儿去可能把他找到。对，亨顿觉得这件事情有把握了——他决不应该再在南市耽搁工夫，必须立刻穿过肯特郡，向僧人洲前进，一路在森林中搜寻，还要找人探询。现在我们再回来谈谈那失踪的小国王吧。

客栈里的茶房在伦敦桥上看见那个流氓"快要"跟那个年轻人和国王走到一起，但是事实上他并没有当真跟他们走到一起；他只是紧跟在他们后面走。他什么话也没有说。他的左胳臂用挂带吊着，左眼上戴着一块绿色的大眼罩；他稍微有点瘸，拄着一根橡木的拐杖。那个年轻人领着国王穿过南市，走了一段曲折的路，不久就走到郊外的大路上了。这时候国王生气了，他说他要在这儿停住——亨顿应该到这儿来见他，不应该让他去找亨顿。这样傲慢无礼，他实在受不了；所以他就要在他所在的地方停住。那年轻人说：

"你打算在这儿待着，难道就让你的朋友受了伤躺在那边的树林里不管吗？那也好，随你的便吧。"

国王的态度立刻就改变了。他大声问道：

"受伤了？是谁胆敢把他打伤？不过现在先不管这个吧；再领着我往前走吧，往前走吧！快点，小子！你脚上拴着铅锤吗？他受伤了，是不是？哼，即令是一个公爵的儿子干的，我也决不饶他！"

那儿离树林还有一段距离，但是很快就走完了。那年轻人向四周张望了一下，发现地下插着的一根树枝，那上面还拴着一小块碎布片，随后他就引着路走进树林里去，还随时寻找类似的树枝，过一会儿就要发现一根；这些树枝显然是些带路的标志，把他引到他所要去的地方。后来他们终于走到了一片空旷的地方，那儿有一座烧焦了的农庄的遗址，附近还有一个日渐倒塌和衰败的谷仓。四下里毫无生人的踪影，绝对的寂静笼罩着一切。那年轻人走进谷仓里去，国王急切地在后面紧跟着。那儿什么人也没有！国王用惊讶和怀疑的眼光向那年轻人瞥了一下，问道：

"他在什么地方？"

那年轻人的回答只是表示嘲弄的一声大笑。国王马上就大发脾气；他拿起一块木头，正要往那年轻人身上打过去，忽然又听见另外一声嘲弄的大笑。这是那个流氓发出来的，他一直都在远远地跟着。国王转过身去，很生气地说：

"你是谁？你到这里来干什么？"

"别装糊涂了吧，"那个人说，"安静点儿。我的化装并不算化得好，你总不能假装着认不出你的父亲了吧。"

"你不是我的父亲。我不认识你。我是国王。你如果把我的仆人藏起来了，就给我去把他找来，否则你干了坏事，我一定要叫你吃苦头的。"

约翰·康第用严厉而稳重的声调回答说：

"你分明是疯了，我也不愿意处罚你；可是你要是惹我生气，我就非收拾你不行。你在这儿胡说八道还不要紧，反正没有人听你这些傻话，可是你这张嘴还是要当心才行，不许乱说，免得我们搬了地方之后，惹出是非来。我犯了杀人案，在家里待不下去了——你也不能再待在家里，因为我得要你帮忙才行。我已经改了姓，这是个聪明的办法；改成了霍布斯——约翰·霍布斯；你叫作贾克——千万要记住。好，你快说吧。你母亲在哪儿？你姐姐她们在哪儿？她们都没有上约定的地方来——你知道她们上哪儿去了吗？"

国王绷着脸回答说：

"你不要说这些莫名其妙的话，让我伤脑筋吧。我的母亲已经死了；我姐姐她们都在皇宫里。"

站在附近的那个年轻人爆发出一阵嘲弄的大笑，国王想要向他扑过去，可是康第——照他自称的姓，就是霍布斯——把他挡住，一面说：

"别笑了，雨果，你别惹他吧；他的神经错乱了，你对他这种态度叫他心烦。你坐下吧，贾克，安静点儿；我还要给你点东西吃哩。"

霍布斯和雨果低声交谈起来，国王从这两个讨厌的家伙身边尽量走开。他躲到谷仓另外一头的阴暗地方，发现那儿在土地上铺了一英尺厚的稻草。他就在那上面躺下，扯了一些草盖在身上，代替毯子，随即就一心一意地沉思起来了。他有许多伤心事，但是那些较小的苦痛都被最主要的一件伤心事所淹没，完全忘记了——那就是，他死掉了父亲。

过了一段相当长的时间之后——他也说不清是多久了——他的意识勉强挣扎着达到一种半醒状态，于是他闭着眼睛躺着，恍恍惚惚地寻思着他究竟是在什么地方，刚才发生过一些什么事情；这时候他听到了一阵低沉的响声，那就是雨点打在屋顶上的凄凉的声音。他感到一种舒适的滋味浸透全身，但是这种感觉马上又被一阵尖声的嬉笑和粗声的哄笑混合起来的声音所打破了。这阵笑声很讨厌地把他惊醒了，于是他把头上盖的稻草揭开了，看看这种打扰的声音是哪儿来的。一幅可怕和难看的情景映入他的眼帘。谷仓的另一头有一堆熊熊的火正在当中的地下燃烧着；火的周围有一群乱七八糟、男女混杂的、衣衫褴褛的流浪汉和歹徒，东歪西倒和趴在地上的都有；通红的火光把他们照得怪可怕的；这些角色，他在书里和梦中都从来没有见过。他们当中有身材高大、体格壮健的男人，皮肤因风吹日晒而黑黄，披着长头发，穿着稀奇古怪的破烂衣服；也有中等身材、相貌野蛮的青年，穿着相似的衣裳；还有瞎眼的乞丐，眼睛上戴着眼罩，或是扎着绷带；还有瘸腿的，装着木腿或是拄着丁字杖；还有一个相貌凶恶的小贩，带着他贩卖的一包东西；此外还有一个磨刀匠，一个补锅匠，一个剃头匠兼外科医生，各人带着本行的行头；女人当中有一些是还没有完全长大的姑娘，有一些正在青春时期，还有一些是年老的、满脸皱纹的母夜叉，她们个个都是嗓子很大、脸皮很厚、满嘴说下流话的家伙；个个都满身油泥，邋遢不堪；另外还有三个脸上生疮的小娃娃；还有两条饿得很瘦的贼狗，脖子上套着绳子，它们是给瞎子引路的。

黑夜来到了，那一伙人刚刚饱餐完毕，正在开始狂欢作乐，大家把酒罐子递来递去，喝个不停。

随后大家就开始谈话；他们并不是用贼帮黑话来谈，因为只有他们担心让外人听见的时候，才用黑话交谈。他们在谈话中透出了消息，原来"约翰·霍布斯"根本就不是一个刚入伙的生手，而是从前曾经一度在这一帮里受过训练的角色。大家叫他讲一讲近来的经历，当他说到"偶然"打死了一个人的时候，大家都表示颇为满意；随后他又说明那个人是个神甫，于是他就受到全体的喝彩，并且还不得不陪每个人喝一杯酒。老伙计们兴高采烈地欢迎他，新交的朋友们也以能和他握手为荣。人家问他为什么"一去那么几个月不回来"。他回答说：

"伦敦比乡下好,并且近来这几年还比乡下安全些,因为法律太严厉,而且执行起来又很认真。要不是因为出了那桩事情,那我还是要在那儿待下去。我本来已经打定了主意要住在伦敦,一辈子也不打算再到乡下来了——可是后来出了这个案子,我的主意就完了。"

他问现在帮里有多少人。名叫"帮头"的贼帮首领回答说:

"二十五位结结实实的溜门子的、二仙传道的、溜兜儿的、追孙儿的、讨百家饭的,连那些追孙儿的丫头和婆娘和别的娘们儿都算在内①。一多半都在这儿,其余的往东边走,打冬天的起发②去了。咱们等天亮就跟上去。"

"我在这儿看见众位老实的弟兄姐妹,可是没有肉疙瘩。他到哪儿去了?"

"可怜的小伙子,他现在啃硫黄去了,像他那么胃口不好,实在是太辣了。他今年夏天不知在什么地方跟人家吵架,让人家打死了。"

"这真叫我听了伤心;肉疙瘩是个能干人,也挺有胆量哩。"

---

① "溜门子的"是溜进人家去行窃的小偷;"二仙传道的"是两人合伙行窃的贼;"溜兜儿的"是扒手;"追孙儿的"是追随行乞的乞丐;"讨百家饭的"是挨家挨户行乞的乞丐。这些名称都是贼帮和乞丐们自己当中通用的。
② "打起发"是贼话,意思是行乞、行窃或抢劫。

"他就是这样,真的。他的姑娘黑贝西还跟我们在一起,可是她现在不在这儿,跟他们往东去了;她是个好姑娘,态度挺不错,举动也挺温和,从来没有谁看见她常常喝醉,一个礼拜里顶多也不过有四天吧。"

"她向来是挺守规矩的——我还记得很清楚——真是个标致姑娘,很值得夸奖。她母亲比她随便些,不那么认真;她是个爱吵架的、脾气丑的刁婆娘,可是天生有些鬼聪明,比一般女人强。"

"就因为这个,她把命都送掉了。她因为会相掌,还有些别的算命的本事,后来就出了名,人家都管她叫作巫婆。官家把她抓去,在慢火上给她活活地烤死了。我看见她临死的时候那股勇敢劲儿,实在是感动得很,心里真有些难受——火焰直往上升,烧到她脸上,把她那挺稀的头发都烧着了,围着她那灰白的头烧得噼噼啪啪地响,可是她老是咒她周围张嘴瞪眼看热闹的那些人,冲他们破口大骂——我是说咒骂他们吗?——对,咒骂他们!嘿,你哪怕活上一千岁,也听不见那么骂得在行的。哎,从她死后,她这门本事就绝种了。现在还有些模仿她的,可是都小里小气,太没劲儿,算不上真正的骂功。"

"咱们的伙伴还有别人遭了殃吗?"霍布斯问道。

"有几个——是呀。特别是新入伙的——譬如那些小庄稼人,他们的地让人家夺掉了,变成了牧羊场,他们就弄得无路可走,只好挨饿。他们到外面讨饭吃,就让人家抓来捆在大车后面,从腰带往上都脱得精光,拿鞭子抽打,打得皮破血流;然后给他们套上脚枷,再拿棍子打;后来他们又当叫花子,又挨鞭子,还让人家割掉一只耳朵;他们第三次又去讨饭吃——可怜的倒霉鬼,他们还有什么别的办法呢?——结果就让人家拿烧红的烙铁在脸上烙上记号,卖出去当奴隶;他们逃出来,又让人家抓回去,活活地给绞死。这不过说个大概情形,我也说得挺快。我们这伙里有些人没有这么倒霉。喂,约柯尔,朋斯,霍纪,你们站出来——把你们挂的彩露出来看看!"

他们三个就站起来,把他们的破衣服脱掉一部分,露出背来,那上面留下了从前挨打的时候留下的横一道、竖一道的鞭痕;他们当中有一个把头发拨开,露出原来有左耳朵的地方;另外有一个露出肩膀上的烙印——一个"游"①字。第三个说:

"我叫约柯尔,从前是种庄稼的,家里的日子本来过得挺好,有亲爱的妻儿子女——现在我的境况和行业都有点儿不同了;老婆和孩子全都丢了;也许他们上了天堂,也许到——也许到另外那个地方②去了——可是我得谢谢仁

---

① 当时反动统治者实行"圈地法",把农民弄得没有生路,逼得他们四处流浪,又给他们加上"游荡"的罪名。
② 指地狱。

慈的上帝，因为他们总算不在英国了！我那好心肠的、无罪的老母亲靠伺候病人赚饭吃；后来有一个病人死了，大夫也不知道是怎么死的，于是人家硬说我母亲是个巫婆，活活地把她烧死，我的孩子们就在旁边看着，哭得要命。哼，英国的法律！——大家都站起来吧，拿起酒杯！——大家一齐来，还要欢呼一声！——咱们为这仁慈的英国法律干杯，谢谢它把我母亲从这英国地狱里救出去了！谢谢你们，伙计们，谢谢大家。我到处讨饭，挨家挨户地讨——我和我老婆——还背着挨饿的孩子们——可是饿肚子在英国也算是犯罪——于是他们脱掉我们的衣服，拿鞭子打着我们走过三个城市游街。请你们大家再为这仁慈的英国法律干一杯吧！——因为它的鞭子喝饱了我的玛丽的血，很快就把她从这个地狱里救出去了。她在那儿的烂死岗子里躺下了，谁也不能再伤害她。还有那些孩子呢——法律拿鞭子打着我从这个城市到那个城市游街的时候，他们就饿死了。再喝口酒吧，伙计们——只喝一点儿——为那几个孩子喝一点儿，他们可真是没有碍过谁的事呀。后来我又讨饭——讨点儿残汤剩饭吃，结果就让他们套上脚枷，割掉一只耳朵——瞧，这就是剩下的墩子；我又去讨饭，瞧，另外这只耳朵又只剩下这么个墩子了。可是我还是只好讨饭，后来就让他们卖出去当奴隶——我脸上这块脏地方底下，我要是洗干净的话，你们就可以看见一个通红的'奴'字，这是烙铁给我留下的！奴隶！你们懂得这两个字的意思吧！英国的奴隶呀——这就是你们面前站着的这个人。我从主人那儿逃出来了，我要是让人家逮着的话——哼，咱们英国这个法律定出这么凶的办法，真是该遭雷打——我得让人家绞死呀！"

阴沉沉的空中忽然传来一个爽朗的声音：

"你决不会！——那条法律从今天起就作废了！"

大家都转过头去，看见小国王那古怪有趣的身影儿急忙走过来；等他在火光中出现，看得清清楚楚的时候，大家就纷纷探询起来：

"这是谁？怎么回事？你是谁呀，小把戏？"

这孩子在大家的惊讶和怀疑的眼光之中大大方方地站着，用帝王的尊严风度回答说：

"我是英国的国王爱德华。"

于是大家爆发出一阵疯狂的大笑，这一半是表示嘲笑，一半是表示他们喜欢这个玩笑开得很好。国王生气了。他严厉地说：

"你们这些无礼的游民，皇上给你们开这么大的恩典，你们就是这样表示感谢的吗？"

他用愤怒的声音说了一些别的话，还做了一些激动的手势，但是他的话被大家的狂笑声和嘲笑的喊声所淹没了。"约翰·霍布斯"大声嚷了好几次，要叫大家在那一阵喧嚣之中听得见他的话，后来总算达到目的了——他说：

"伙计们，他是我的儿子，是个做大梦的家伙，是个傻瓜，地道的疯子——别理他——他真想着他是国王哪。"

"我的确是国王呀，"爱德华转过脸去对他说，"你迟早总有一天会知道，那时候就该你倒霉。你刚才供出了杀人的罪——那就该处你的绞刑。"

"你打算去告我呀！——你？我要是抓着你的话……"

"啧！啧！"魁伟的帮头赶快插嘴，才救了国王，他嘴里帮了忙，一面还伸出拳头，把霍布斯打倒，"你对国王和帮头都不尊敬吗？你要是再在我面前这么无礼，我就要亲手把你绞死。"然后他又对国王陛下说，孩子，你千万不要吓唬自己的伙伴；你到别处去可得当心你的嘴，别说自己人的坏话。只要你这疯子头脑高兴当国王的话，那你就当吧，可是你别惹出祸来。你快把刚才说出来的称呼甩开吧——那是犯大逆不道的罪；我们虽然犯了些小小的过错，算是坏人，可是我们当中谁也不会坏到背叛皇上呀；我们对皇上都是很敬爱、很忠心的。你看我是不是说的真话吧。喂——大家一齐喊：'大英皇上爱德华万岁！'"

"大英皇上爱德华万岁！"

响应的呼声从那形形色色的一群人当中像响雷一般发出来，以致那歪歪斜斜的房屋随着这阵喊声震动了。小国

王脸上暂时露出了喜色,他微微地点一点头,用庄严的自自然然的态度说:

"我谢谢你们,我的善良的百姓。"

这个意外的结果又使大家笑得直不起腰来。等到稍微恢复了几分安静的时候,帮头就一本正经而又含着和善的语调说:

"丢开这一套吧,孩子,这不是个聪明的玩笑,并且

还不妥当。你要是非得异想天开地开开心不可,那也不要紧,可是你得改个称呼才行。"

有一个补锅匠尖声地喊着,提出一个建议:

"疯子一世,傻子国的皇上!"

这个称号立刻就受到了欢迎,每个人都拉开嗓子响应,大家吼成了一片:

"傻子国皇上疯子一世万岁!"跟着又是一阵怪声喊叫和喝倒彩的声音,还有一阵又一阵打雷似的哄笑。

羞耻和愤怒的眼泪在那小国王的眼睛里迸出来了;他心里这么想着,"假如我让他们受了很深的冤屈,他们对我也不能比这更狠心呀——可是我答应给他们施个恩,一点也没有亏待他们——他们可偏要这么以怨报德!"

第十八章 王子与游民一同流浪

那一队游民在黎明时候起来,随即就出发远行。头上是阴沉的天,脚下是泥泞的地,空中有冬季的寒气。这一群人的快乐情绪完全消失了;有的垂头丧气,不声不响,有的烦躁而易怒,谁也不轻松愉快,大家都觉得口渴。

帮头给了雨果一些简单的指示,就把"贾克"交给他负责,并且命令约翰·康第和这孩子离开一点,不要惹他;他还警告雨果,不许对他过于粗暴。

后来他们就侵入了一个小农庄,在那儿毫不客气地让人家招待他们;这个农家的主人和他一家人战战兢兢地把全部食物都拿出来,供给他们一顿早餐。他们从主妇和她的女儿们手里接过食物来的时候,就要顺手摸摸她们的下巴,对她们开些粗鄙的玩笑,还要给她们取些有意侮辱的绰号,一阵一阵地对她们哈哈大笑。他们把骨头和蔬菜往那农人和他的儿子们身上扔,使他们老是东躲西躲,要是打中了，他们就哄堂大笑地喝彩。最后有一个女儿对他们的调戏表示愤慨，他们就把她头上抹上奶油。临别的时候，他们还警告这家人，如果把他们干的事情传出去，让官家知道了，他们就要回来烧掉这所房子，把全家的人都烧死。

中午的时候，这帮人经过一段艰苦疲劳的长途步行之后，在一个相当大的村子外面一道篱笆后面停止了。大家休息了一个钟头，然后就向各处分散，从不同的地点进入这个村庄，各自施展他们的绝技。"贾克"被派和雨果同去。他们东窜西窜地走了一会，雨果老在找机会想打个起发，可是毫无结果——于是后来他就说：

"我找不到什么可偷的；这个地方真是糟糕。那么咱们只好去讨钱了。"

"'咱们'呀，你真说得好！你去干你这本行吧——这对你很相宜。我可不去讨钱。"

"你不讨钱！"雨果用惊讶的眼光盯着国王，大声喊道，"请问你是什么时候改邪归正的？"

"你这是什么意思？"

"什么意思？你不是一辈子在伦敦街上到处讨钱的吗？"

"我？你这糊涂虫！"

"你别随便骂人——留着多使几回吧。你父亲说你向来是讨钱的。也许是他撒谎。也说不定是你居然胆敢说他撒谎吧。"雨果嘲笑地说。

"是你管他叫我父亲的那个家伙吗？是呀，他是撒的谎。"

"算了，别把你那假装疯子的把戏耍得太过火吧，伙计；你拿它开开心倒不要紧，可别自找苦吃。我要是把你这句话告诉他，他就非狠狠地收拾你一顿不可。"

"用不着你麻烦。我自己会告诉他。"

"我很喜欢你这种精神，实在是喜欢；可是我不佩服你的见识。咱们过的日子本来就够受了，挨揍的机会多得很，犯不着发神经病，自己再去惹到头上来。别再来这一套了吧；我可是相信你父亲。我并不怀疑他会撒谎；我也不怀疑他有时候是要撒一撒谎，因为我们当中最棒的角色也撒谎哩；可是这桩事情他可用不着撒谎。撒谎是一种好货色，聪明人决不会随便糟蹋它。好吧，算了；你既然打算不去讨钱，咱们到底干什么才好呢？去抢人家的厨房怎么样？"

国王很不耐烦地说：

"你不要再说这些胡说八道的话了吧——实在叫我听了讨厌得很！"

雨果也动气地说：

"你听着，伙计；你不肯讨钱，又不肯抢人；那也好吧。可是我得告诉你非干不可的事儿。我来讨钱，你来装像儿哄人。你要是连这个也不干，那就看你敢不敢！"

国王正打算用鄙视的口气回答，雨果却打断他说：

"别说话！有个人来了，他的样子还挺和气哩。我现在假装发了急病倒在地下。等那个陌生人冲我这儿跑，你就哭起来，跪在地下，装作掉眼泪的样子；跟着你就大声喊叫，好像所有的倒霉鬼都钻到你肚子里去了似的，你说，'啊，先生，他是我多灾多难的哥哥，我们现在无亲无友；您看在上帝面上，发点慈悲，对这害病的、没人管的、倒霉透了的可怜虫望一眼吧；把您的钱丢一个便士给这遭天罚的、快死的人吧！'——你可得记住，老哭老哭，非把他的钱哄到手就哭个不停，要不然就得叫你吃苦头。"

然后雨果马上就开始呻吟、叫喊，同时还直转眼珠子，身子也摇摇晃晃；那个陌生人快到身边的时候，他就惨叫一声，扑倒在他面前，开始装出剧痛的样子，在灰土中翻来覆去直打滚。

"哎呀，哎呀！"那仁慈的陌生人喊道，"啊，可怜的人，可怜的人，他多么痛苦呀。喂——让我把你扶起来吧。"

"啊，好心的先生，您别扶我，上帝保佑您这位高贵的先生吧——我这个病一发作就不能碰，碰一下就痛得要命。我那兄弟会告诉您大人，我这个急病发作起来，把我痛成什么样子。给我一个便士吧，亲爱的先生，您给我一个便士，让我买点东西吃吧；别的您不用管，让我自己受罪吧。"

"一个便士！我给你三个吧，你这倒霉的人。"——

他神经紧张地连忙在口袋里摸钱,拿出三个便士来。"好吧,可怜的小伙子,你拿着吧,我很愿意帮你的忙。喂,小孩儿,过来吧,你帮我把你这有病的哥哥撑到那边那个房子里去吧,我们可以在那儿……"

"我不是他的兄弟。"国王打断他的话说。

"什么!不是他的兄弟?"

"啊,听哪!"雨果呻吟着说,随后又暗自咬牙切齿。"他连他的亲哥哥都不认了——眼看着他一只脚已经进了棺材呀!"

"小孩儿,他要是你的哥哥,你可真是心肠太硬了。真丢人!——他简直连手脚都不大能动了。他要不是你哥哥的话,又是谁呢?"

"叫花子和小偷!他拿到你的钱,还扒了你的口袋哩。你要是愿意开个仙方,把他的病治好的话,那就给他肩膀上揍两棍,别的你就不用管,让老天爷安排吧。"

可是雨果并没有等着人家开那个仙方。他立刻就站起来,一阵风似的跑掉了;那位先生在后面直追,一面跑,一面拉开嗓子拼命地嚷着捉贼。国王因为自己得到脱身的机会,真是说不尽地谢天谢地,于是他就往相反的方向逃跑,直到脱离了危险,才把脚步缓下来。他找到第一条大路,就顺着它走,不久就把那个村子甩在背后了。

黑夜来到了,又冷又阴沉;然而那走痛了脚的国王仍

旧慢慢地勉强往前走。他不得不继续地走,因为他每回坐下来休息休息,马上就觉得寒气透入骨髓。他在那阴森森的一片黑暗和空虚的无边夜色里移动着,一切感觉和经历对他都是新奇的。每过一会儿工夫,他就听见一些声音由远而近,再由他身边飘过,渐渐低下去,变为寂静无声了;他看不出这些声音究竟是由什么东西发出来的,只见一种形象无定的、飘荡的模糊影子,所以他就觉得这一切都有一股妖魔作怪似的、阴森可怖的意味,这不免使他发抖。

这次新的经历到处使他毛骨悚然、惊心动魄,他就在这些恐怖之中,东歪西倒地前进,有时候还被头上的干树叶子的沙沙响声所惊吓，因为那种响声很像悄悄说话的人声；后来他忽然碰见近处一只洋铁灯笼放射出来的斑斑点点的光线。他向后退到阴影里等待着。那只灯笼放在一个谷仓的敞开的门口。国王等了一会儿——没有什么响声，也没有人动弹。他静立在那儿，简直冷得要命，那准备招待客人的谷仓又对他诱惑力很大，因此后来他终于不顾一切危险，决定要进去。他迅速地，偷偷地开步往里走，正当他迈过门槛的时候，他就听见后面有人说话。他连忙闪避到谷仓里的一只大桶背后，弯下身去。两个农家的长工提着灯笼进来了，一面开始工作，一面谈话。他们提着灯笼到处走动的时候，国王就拼命睁开眼睛四处看，发现这个谷仓另一头好像有个不小的牛栏，他就把它的方位打量清楚，预备等到只剩下他一个人的时候，就摸索着上那儿去。他还看清楚了半路上一堆马毯的位置，打算把它们征用一下，给大英国王使用一夜。

过了一会儿，那两个人就做完了他们的工作出去了，他们随手在外面把门扣上，带着灯笼走了。冷得发抖的国王在黑暗中尽量迅速地往那些毯子那边走；他把它们拿起来，然后小心地摸索着到牛栏里去了。他把两条毯子铺在地上当卧铺，然后把剩下的两条盖在身上。这时候他是个很痛快的国王了，虽然毯子又旧又薄，而且不大暖和；不但如此，还发出一种刺鼻的马臭，这种臭味相当强烈，几乎把人熏得透不过气来。

国王虽然又饿又冷，但是他也疲劳不堪，困倦得要命，结果还是疲惫的感觉占了上风，因此他随即就打起盹来，进入了半醒半睡的状态。后来正当他将要完全失去知觉的时候，却清清楚楚地感到有个什么东西碰到他身上来了！他立刻就完全清醒过来，吓得直喘气。那个东西在黑暗中神秘地碰了他这一下，引起了他一阵阴森的恐怖，这几乎使他的心停止跳动了。他躺着不动，几乎是憋住气息倾听着。但是并没有什么东西动弹，也没有什么声响。他继续倾听，再等了一阵，好像是等了一段很长的时间，但是仍旧没有什么东西动弹，也没有什么声音。因此他终于又一次打起瞌睡来；但是他突然又觉得那个神秘的东西碰了他一下！这个无声的、看不见的东西这样轻轻地碰到他身上，真是可怕；这使得这孩子充满了怕鬼的心理，很不自在。他怎么办才好呢？问题就在这里；可是他不知道怎样回答这个问题。他是否应该离开这个相当舒适的地方，逃避这个不可思议的恐怖呢？可是逃到哪儿去？他被关在这个谷仓里，根本就出不去；他想在黑暗中盲目地东奔西窜，但是他被围困在那四面的墙当中，又有这个幽灵在他背后跟着，到处都会伸出那软软的、吓死人的手在他脸上或是肩膀上碰一下，这可实在叫他受不了。那么就在原处待着，通夜忍住这种受活罪的滋味——那是否较好呢？

不。那么，还有什么办法呢？啊，只有一条路可走；他知道得很清楚——他必须伸出手去，找到那个东西才行！

这事情想想倒是容易；可是他却很难壮起胆来试这一下。他三次畏畏缩缩地向黑暗中稍微把手伸出去一点，每次都吓得喘着气突然缩回来——并不是因为他的手碰到了什么东西，而是因为他觉得一定是快要碰到什么了。但是第四次他再往前一点摸了一下，他的手就轻轻地触到了一个又软又温暖的什么东西。这一下几乎把他吓呆了——他当时的心情使他只能想象着那东西是个刚死的、还有些热气的尸体，而不会是别的。他觉得他宁肯死也不愿意再摸它一下了。但是他之所以起了这个错误的念头，是因为他不懂得人类的好奇心有一种非凡的力量。过了不久，他的手又战战兢兢地摸索起来了——这是违反他的理智、违反他的心愿的——但是无论如何，他反正还是坚持地摸索着。后来他的手碰到了一绺长头发；他打了个冷战，但是他却顺着那绺头发往上摸，结果就摸到了一个什么东西，好像是一根暖和的绳子似的；再顺着那根绳子往上摸，终于摸到了一头老老实实的小牛！——刚才他摸到的头发根本就不是什么头发，绳子也不是绳子，而是小牛的尾巴。

国王为了一只睡着觉的小牛这么个渺小的东西受了那么大的惊，吃了那么大的苦，不免感到由衷的惭愧；但是他其实无须有这种感觉，因为使他恐怖的并不是那头小牛，而是那头小牛所代表的一种根本不存在的东西；在从前那种迷信的年代，随便哪个小孩也会和他有同样的举动，并且也会同样吃苦的。

国王不但很高兴地发现那个东西不过是一头小牛，而且还乐得有这头小牛给他做伴；因为他一直都苦于太孤寂、太没有朋友，因此现在连这么一个下贱的畜生和他在一起，他也是很欢迎的。何况他从自己的同类那里受了那么大的打击，遭了他们那么无情的虐待，因此他现在觉得自己终于和这么一个生物相处，虽然它也许没有什么高贵的品德，却至少有一颗柔和的心和淳厚的精神，无论如何总是使他获得了真正的安慰。所以他就决定抛开他的高贵身份，和这头小牛交朋友。

小牛离他很近，他很容易够着它。他一面抚摸着它那光滑而温暖的背，一面想到他还可以利用这头小牛，得点别的好处。于是他就把他的卧铺重新安排了一下，紧紧铺在小牛身边；然后他贴着小牛的背睡觉，扯起毯子把他自己和他的朋友都盖起来，过了一两分钟，他就觉得非常温暖而舒适，简直就和他从前在威斯敏斯特皇宫里躺在鹅绒床上一样。

愉快的念头立刻就来了；生命显得较有兴趣了。他摆脱了奴役和罪恶的束缚，摆脱了那些下流和野蛮的盗匪；他获得了温暖，获得了栖身之所；总而言之，他快活了。

 第十九章　王子在农民家里

国王清早醒来的时候,发现一只淋得很湿而又会打主意的老鼠在夜里爬到这里面来,把他的胸口当作舒适的床铺睡着了。现在它受了惊动,就赶快逃跑了。这孩子笑了一下,说:"可怜的傻子,为什么要这么害怕?我跟你一样倒霉啊。我自己也是走投无路,要是我也欺负走投无路的,那就未免太可耻了。不但如此,我还得谢谢你给我带来的好兆头,因为一个国王既然沦落到这种地步,连老鼠都在他身上搭铺,那当然就是说他的运气快要好转,因为他显然不能比这更倒霉了。"

他站起来,走出牛栏,正在这时候,他听见了孩子们的声音。谷仓的门打开了,两个小姑娘走进来。她们一看见他,立刻就停止谈话,也不再笑了;她们停住了脚步,站着不动,怀着强烈的好奇心注视着他;她们随即就开始低声交谈,然后又走近一点,又站住盯着他,低声说话。后

来她们终于鼓起勇气,大声地谈论起他来了。有一个说:

"他的脸蛋儿长得不错。"

另外那一个接着说:

"头发也挺漂亮。"

"可是衣服穿得够坏的了。"

"瞧他那样子准是饿得够受了。"

她们再走近一点,很害臊地横着步子围着他转,从各方面仔细打量他,好像他是一种什么新奇的动物一般;但是同时她们的举动却很小心而警戒,好像她们有些害怕他或许是一种随时都会咬人的动物似的。最后她们还是在他面前站住,互相拉着手,作防御的准备,一面用她们那两双天真的眼睛把他仔细看个心满意足;然后她们当中有一个鼓足了全部勇气,直截了当地探询道:

"小孩儿,你是谁?"

"我是国王。"这孩子庄重地回答。

那两个女孩子稍微露出了一点吃惊的神气,她们把眼睛睁得很大,继续这样过了半分钟,没有作声。后来还是好奇心打破了沉默:

"国王?什么国王?"

"英国的国王。"

那两个孩子互相望了一下——然后又望着他——然后又互相望着——又怀疑,又慌张——然后有一个说:

"你听见他说的吗,玛吉丽?——他说他是国王哩。这话靠得住吗?"

"这怎能靠不住呢,普丽西?他还会说谎吗?你听我说吧,普丽西,这话要是靠不住,那就是他撒谎。当然是撒谎喽。你想想吧。因为凡是靠不住的话都是谎话——你反正想不出别的道理来。"

这个道理说得很好、很严密,完全没有漏洞;这就使得普丽西的半信半疑的心理站不住脚了。她想了一会儿,然后就说了一句简单的话,叫国王说真的:

"你要真是国王,那我就相信你。"

"我真是国王。"

这就把问题解决了。她们再也没有盘问,没有争论,就承认了他的国王身份;那两个小姑娘马上就开始问他怎么会上这儿来的,怎么会穿得这么不像个国王的样子,问他打算上哪儿去,还问了他许多别的事情。他现在可以痛痛快快地把他的不幸的遭遇说出来,不致被人嘲笑,也没有谁怀疑,这使他觉得快慰;于是他就很激动地叙述他的故事,暂时甚至连饥饿都忘记了;那两个好心的小姑娘听了他的话,表示非常深切和真挚的同情。但是后来他说到最近的遭遇,她们听说他已经很久没有吃过东西,就马上止住他的话,赶快叫他到她们家里去,弄一顿早餐给他吃。

现在国王很高兴、很快活了,他心里想,"等我恢复了原来的地位，我一定要时常尊重儿童，记住这两个孩子怎样在我遭难的时候信任我，相信我的话；而他们那些年纪大的、自以为比小孩子聪明的人却拿我开玩笑，把我当作个撒谎的人。"

那两个小姑娘的母亲很慈祥地接待国王，对他非常怜恤；因为他那流落的情况和那似乎是神经错乱的头脑感动了她那温柔的心。她是个寡妇，家里相当穷；因此她遭到过不少的苦难，对不幸的人很能表示同情。他猜想这个疯癫的孩子大概是从他的亲人或是随护人那里跑出来了；于是她就极力要想问清楚，他究竟是从什么地方来的，为的是她好设法把他送回去；但是她提到附近的市镇和村庄，还在这方面问了许多话，完全没有结果——这孩子的神色

和他的回答也表示她所谈的事情都是他所不熟悉的。他热心而自然地谈到宫廷里的事情；并且当他谈到他那已故的"父王"的时候，还不止一次痛哭起来；每逢话题转到比较鄙俗的事情，他马上就失去兴趣，一声不响了。

这妇人简直莫名其妙；但是她还是不肯马虎了事。她在做饭的时候，一面想些主意，要出其不意地引着这孩子把他的真正秘密泄露出来。她谈到牛——他表示漠不关心；又谈到羊——结果还是一样——足见她猜想他原先是个牧童也弄错了；她又谈到磨坊；谈到织布匠、补锅匠、铁匠、铜匠等，以及各行各业的人；又谈到疯人院、监狱和收容所；可是说来说去，她通通都扑了个空。不过也不算完全白费精神，因为她认为那许多事情都谈过了之后，她总算缩小了范围，只剩下家庭的仆役没有谈到了。不错，她准知道现在终于把猜测的方向找对了——他一定是给谁家当过用人。于是她就把话题引到那上面去。但是结果又使她失望。关于扫地的话似乎是使他厌烦；生火也没有能够使他动心；擦地板和洗刷的工作也引不起他的兴趣。然后这位主妇以近于绝望的心情谈到烹调的问题，这就只是形式上的谈话了。谁知出乎她的意料，而且使她非常高兴的是，国王脸上立刻就喜形于色了！哈，她心里想，她终于把他的底细追究出来了；她对于自己达到这个目的所用的迂回的妙计和机智是非常感到得意的。

这时候她那疲惫的唇舌获得了休息的机会，因为国王让饥饿熬得难受，又闻到砂锅和炒锅里喷出来的香味，一听谈到吃的问题，就引起了他的兴致，于是他就打开了话匣子，滔滔不绝地谈了一大套、说出了一些美味的菜，因此只过三分钟的工夫，那妇人就在心里这么想，"果然我猜对了——他原来是给人家厨房里打过杂的！"后来他又说了许多菜的名称，并且谈得津津有味，劲头十足，于是这位主妇又想道，"我的天哪！他怎么会知道这么多样的菜，并且还都是讲究的呀？只有富贵人家的席上才会摆这些菜哩。啊，我明白了！他虽然是个穿得破破烂烂的流浪儿，从前他没有发疯的时候，准是在皇宫里当过差；对，他一定在国王本人的厨房里帮过忙！我得试他一下看看。"

她急于要证明她的聪明，于是就吩咐国王替她照应一下做菜的事——暗示他只要愿意的话，还可以另外多做一两样菜——然后她就走出去，还给她那两个女儿打了个招呼。叫她们也跟着出去。国王嘟囔着说：

"古时候另外有一个英国国王也让人家吩咐着干过这种事情——亚尔弗烈大帝[①]不嫌下贱，干过这种事情，现在叫我来干，也就不算有损我的尊严。不过我要尽力比他做

[①] 亚尔弗烈大帝(849—899)：英国国王，他有一次被丹麦人打败了，逃到一个农民家里，主妇不知道他是国王，叫他照应火上烤着的饼子，但是他因为一心想着战事，结果让饼子烧糊了，被人撵走。

得好一点；因为他让饼子烧煳了。"

他的意图是很好的，但是做起来却并不如愿；因为这位国王也跟从前那一位一样，不久就陷入沉思，一心想着皇家大事，结果就发生了同样的不幸——锅里的菜烧坏了。幸亏那妇人回来得正是时候；挽救了那顿早餐，没有让它完全毁掉，她马上就把国王痛痛快快地骂了一顿，使他从梦想中清醒过来。随后她一看国王为了他把她所吩咐的事情弄糟了，非常难过，她也就立刻缓和下来，对他非常和蔼、非常慈祥了。

这孩子心满意足地饱餐了一顿，精神就大大地振作起来，心情也轻松愉快了。这一顿饭有一个稀奇的特点，那就是双方都没有计较身份；可是双方都受了这番盛情而自己根本就不知道。

吃完早饭之后，这位主妇就吩咐国王洗盘子。这个命令使国王为难了一会儿，他几乎反抗了；可是他随即这么想，"亚尔弗烈大帝替人家守着饼子；要是叫他洗盘子的话，他当然也会干——那么我也来试试看吧。"

他洗得很糟糕，这是出乎他意料之外的，因为他还以为洗洗木头调羹和木头盘子是很容易的哩。谁知这个活儿却很讨厌、很麻烦，可是他终于把它做完了。这时候他就渐渐有些着急，想要离开这里，再往前走；可是他要摆脱这个会打算盘的主妇，却并没有这么便宜。她又给了他一些零星工作，他都规规矩矩替她做了；而且做得相当好。随后她又叫他和那两个小姑娘削几个冬季的苹果；但是他对这个工作太不熟手，于是她就叫他放下，又拿一把菜刀叫他去磨。后来她又叫他梳了很久的羊毛，于是他就觉得像他目前这种了不起的卧薪尝胆的精神，已经大大地赛过了亚尔弗烈王，将来在故事书里和历史书里很可以传为美谈，因此他也就有点儿想要告退了。后来刚刚吃了午饭，这位主妇把一筐小猫叫他拿去淹死，他就当真告退了。至少他是打算要告退——因为他觉得他老帮那个女人做事，总得有个止境，现在趁着淹小猫的机会就此撒手，似乎是很妥当的——可是正在这时候，偏巧又出了岔子。打岔的是约翰·康第——背上还扛着小贩的包袱——还有雨果！

这两个坏蛋还没有来得及看见国王，他就发现他们走近前门了；于是他就暂时不去想撒手的问题，赶快提起那一筐小猫，悄悄地从后面跑出去，一声不响。他把那些小畜生放在外面一个小屋里，急急忙忙地钻到后面一条狭窄的巷子里去了。

 第二十章　王子与隐士

那道很高的篱笆挡住了他的视线，使他看不见那个人家了；于是他在一阵强烈的恐惧的驱使之下，使尽了所有的气力，飞快地向远处一个树林跑过去。他一直不敢往回看，后来他差不多获得了森林的掩蔽，才回过头去，一眼就看见老远有两个人影。那就足够了；他没有等着仔细打量他们，就赶快往前跑，一直跑进了树林中光线微弱的深处，才把脚步放慢了一些。这时候他相信自己已经相当安全，于是就站住了。

起初他本来打算就在他所在的地方待着，度过那一天剩余的时间；但是不久就有一阵寒气侵袭他那冒汗的身体，他终于不得不恢复活动，借此获得温暖。他一直穿过森林前进，希望马上就可以钻出去，到一条大路上；可是他失望了。他继续往前走了又走；但是他越往前走，树林就显然越是稠密。后来光线开始暗淡下来，国王发现夜晚

渐渐临近了。他想到要在这么一个可怕的地方过夜，就不禁打了个冷战；于是他就极力要再跑快一点，可是结果反而减低了速度，因为现在他已经不大看得清楚，迈步都迈不准了，结果他就老是让树根绊倒，让葛藤缠住，让荆棘挂住，很难走动了。

后来他终于瞥见一道亮光，多么高兴啊！他小心翼翼地走近去，随时都向四周张望一下，仔细听一听。那道光线是从一所小棚子里开着的一个没有装玻璃的窗户里射出来的。这时候他听见一个声音，就打算跑开藏起来；但是他立刻就改变了主意，因为那个声音显然是在祈祷。他悄悄地溜到那个棚子的唯一窗户外面，踮起脚尖来，偷偷地往里面瞟了一眼。那间屋子是很小的；地下是天然的泥土，日久踩紧了的；屋角里有一个铺着灯芯草的卧铺和一两条破烂的毯子；附近有一只水桶、一只杯子、一只盆子、两三只罐子和炒菜的锅；还有一只短短的条凳和一只三条腿的凳子；炉灶里还有一堆柴火的残烬在冒烟；在一个只点一支蜡烛照明的神龛前面，跪着一个年老的人，他身旁有一只旧木箱，上面摆着一本书和一颗人头骨。这个人的身材是大而瘦的；他的头发和络腮胡子都很长，而且是雪白的；他穿着一件羊皮长袍，从脖子一直垂到脚跟。

"这是个圣洁的隐士！"国王心里想道，"我现在真是幸运啊。"

　　隐士站起来；国王敲了敲门。一个深沉的声音回答说：

　　"请进！但是你要把罪恶留在背后，因为你将立足的地上是圣洁的！"

　　国王走进门去，就站住了。隐士把一双炯炯发光、惴惴不安的眼睛转过来望着他，说：

　　"你是谁？"

　　"我是国王。"回答的声音是沉着而单纯的。

　　"欢迎，国王！"隐士很热心地喊道。然后他狂热地忙乱了一阵，一面老在说，"欢迎，欢迎。"他把条凳摆好，请国王在上面坐着，靠近炉灶，又往火里扔了几捆柴，最后就兴奋地迈着大步来回走着。

"欢迎！有许多人到这个圣地来求得保佑，但是他们都不配，结果全让我赶走了。一个国王不惜抛弃王位，轻视国王那种无谓的豪华，身上穿起破衣服来，决心要把一生献身于圣洁的生活，让肉体受罪，禁欲修行——这样的人是可贵的、受欢迎的！——我决定让他在这里终身安居，一直到死为止。"国王连忙想要打断他的话，加以解释，但是隐士根本不理睬他——显然是没有听见他的话，只顾继续说他那一套，而且把声音提得很高，越说越起劲儿。"你在这里一定能安然无事。上帝既然感动了你，使你放弃了那种空虚而愚蠢的生活，就不会有人找得到你的避难之所，恳求你回去再过那种日子。"

这位老人继续走来走去，他停止了高声谈话，开始低语。国王趁着这个机会，申述他的遭遇；他滔滔不绝地说着，语调被不安和恐惧的心理所激动了。但是隐士继续喃喃低语，根本不理睬他的话。后来他一面低语，一面走近国王身边，用动人的声调说：

"嘘！我告诉你一个秘密！"他弯下腰去正想说出这个秘密，又制住了自己，做出静听的姿势。过了一两分钟之后，他就踮着脚尖走到窗口，把头伸出去，向一片朦胧

中悄悄张望了一会,然后又踮着脚尖走回来,把他的脸紧靠着国王的脸,低声说道:

"我是个大天使呀!"

国王猛然惊动了一下,心里想道,"我宁肯请上帝让我再跟那些歹徒在一起;糟糕,我现在成了一个疯子的俘虏了!"他的恐惧心理更加厉害了,脸上分明显露出来。隐士用低沉而激动的声音继续说:

"我看出你感觉到我这里的境界了!你脸上有敬畏的神色!无论谁到了这个境界,都不免受这种影响;因为这就是天堂的境界。我只要一眨眼的工夫,就可以到天上去一趟又回来。我就是在这个地方被封为大天使的,那是五年前的事,上帝派来了一些天使,特地把这个尊严的职位委派给我。天使们到了这里,就使这个地方充满了耀眼的光辉。他们向我跪下了,国王!真的,他们向我跪下了!因为我比他们更伟大。我在天堂的神殿里走过,还跟圣祖们谈过话。你摸摸我的手吧——不要怕——摸一摸吧。好了——现在你摸过亚伯拉罕、以撒和雅各①所握过的手了!我在黄金的神殿里走过,亲自见过上帝!"他停了一会儿,故意使他的话更加有力;然后他的脸色忽然变了,

---

① 亚伯拉罕、以撒是希伯来人的先辈,即上文所说的"圣祖",雅各是以撒的儿子。

他又走动起来，一面愤怒地使劲儿说，"是的，我是个大天使；不过是个大天使而已！——我这本来该当教皇的人！这是千真万确的。二十年前，我在梦中从天上听到这么说的；啊，真的，我本是可以当教皇的！——我应该当教皇，因为这是上帝说过的——但是国王解散了我的教会，结果我这可怜的、无名的修道士就弄得无依无靠，被抛弃到冷酷的尘世，无家可归，还被剥夺了那个非凡的天运！"于是他又开始叽里咕噜地抱怨，还用拳头捶击额部，枉自大发脾气，时而发出一句恶毒的诅咒，时而又很感伤地说，"因此我就不过是成了个大天使——我这本来该当教皇的人！"

他这么继续说了一小时，那可怜的小国王只好坐着受罪。后来这老人的狂怒消失了，他就变得非常和蔼。他的声调也温和了，他离开了幻想的境界，开始说些平常的、富于人情的闲话，说得非常亲切自然，因此他很快就完全获得国王的好感了。这年老的忠实信徒把那孩子移到离火更近的地方，使他舒服一些；他用他那灵巧而慈祥的手治好他身上那些跌伤和擦伤的小地方；然后就动手预备晚餐——他一面不断地闲谈着，偶尔还伸手摸一摸这孩子的脸，或是拍一拍他的头，他表现出一种非常慈爱而亲切的态度，于是片刻之间，国王被那位大天使所引起的恐惧和反感都变为他对这个老人的尊敬和亲爱的感情了。

他们两人吃晚饭的时候，这种愉快的情况还是继续着；后来隐士在神龛前面做过祈祷之后，就把这孩子送到隔壁的一间屋子里去睡觉，替他把被窝盖得很好，他那种慈爱的态度，简直像做母亲的一样；他跟这孩子亲吻了一下才离开他，自己回到炉火旁边坐下，心不在焉、毫无目的地把燃烧着的柴火拨弄着。过了一会儿，他就住手了；随后他用手指在脑门子上轻轻敲了几次，好像是要回想一件忘记了的事情。显然他是想不起来了。后来他忽然一下子跳起来，走进他的客人那间屋子里去，说：

"你是国王吗？"

"是的。"国王用困倦的声音说。

"什么国王？"

"英国的。"

"英国的。那么亨利死了！"

"哎呀，是的。我就是他的儿子。"

一阵凶恶的神色笼罩在隐士的脸上，他以复仇的决心使劲儿捏紧他那双瘦削的手。他站了一会儿，急促地喘着气，一连啐了几次唾沫，然后才用沙哑的声音说：

"你知道就是他把我们赶出来，使我们流落到外面，无家可归吗？"

没有回答。老人弯下腰去，仔细看了看那孩子的安详的面孔，听了听他那平静的呼吸。"他睡着了——睡得很酣哩"；他脸上的凶相消失了，换了一副恶毒的快意的表情。一阵微笑在这梦中的孩子脸上掠过。隐士嘟囔着说："哼——他心里倒还快活哩。"于是他就走开了。他在屋里悄悄地东走西走，到处寻找一件什么东西；他随时停下来听一听，随时摇着头四处张望，迅速地往床上瞟一眼；他老是咕噜咕噜地自言自语。后来他终于找到了他所需要的东西——一把锈了的旧屠刀和一块磨刀石。然后他悄悄地溜回他原先坐的地方，坐下来轻轻地在石头上磨那把刀，嘴里仍旧是喃喃自语，一阵一阵地说些愤激的话，风在这孤寂的地方周围叹息着，夜间的神秘声音从远处飘荡过来。大胆的田鼠和耗子从裂缝里和隐伏的地方伸出头来，把它们那闪亮的眼睛偷偷地望着这老人，但是他只顾全神贯注地继续工作，对这些事丝毫也没有注意。

每隔一段很长的时间，他就用大拇指摸一摸刀刃，然后很满意地点点头。"磨快一些了，"他说，"是的，磨快一些了。"

时间很快地过去了，他也没有注意，只顾安安静静地继续工作，对自己心里的想法感到快意，还偶尔用清清楚楚的话说出他的心事来：

"他的父亲害苦了我们，把我们毁了——现在他下地狱去遭火烧了！是的，下地狱去遭火烧！他从我们手里逃掉了——但是这是上帝的意旨，是呀，这是上帝的意旨，我们决不能抱怨；可是他逃不了地狱里永恒的火，不，他逃不了永恒的火，那种火是烧得很惨的，毫不留情，毫不慈悲——那种火是永远烧着的！"

他就是这样工作着；他把刀磨了又磨；一面嘟囔着——有时候还发出一阵低声的嘎嘎的嬉笑——有时候又突然把心里的话说出来：

"这些事都是他的父亲干的。我只当了个大天使——要不是因为他的话，我就当教皇了！"

国王动了一下。隐士悄悄地跳到床边，跪在地下，弯着身子在那俯卧着的躯体上举起刀来。那孩子又动了一下；他的眼睛睁开了一会儿，但是并没有视觉，什么也没有看见；他随即就恢复了平静的呼吸，表示他又睡得很酣了。

隐士守候和倾听了一会儿，仍旧保持着原来的姿势，几乎停止了呼吸；然后他慢慢地把胳臂放下来，随即又悄悄地溜开，一面说：

"现在早就过了半夜了——万一他嚷起来，碰巧有人路过这里，那可就不大好哩。"

他悄悄地在他这小屋子里溜来溜去，东捡一块破布，西捡一根皮条，再到别处捡一点；然后他又回到床边，很小心地、轻轻地把国王那两只脚的踝骨捆在一起，并没有惊醒他。其次他就打算捆上他那两只手腕子；他几次设法把他双手交叉起来,可是正当他要拿绳子去捆的时候,这孩子老是一会儿抽开这只手,一会儿又抽开那只;后来这位大天使几乎绝望了,偏巧这孩子又自动把双手交叉起来,于是马上就被捆起来了。大天使又把一条绷带兜在这睡着的孩子下巴底下,再绕到头上来,使劲儿拴上——他轻轻地、渐渐地把结打好,动作很灵活,打得很紧,而这孩子却睡得很安静,始终没有动弹一下。

第二十一章　亨顿救驾

　　这老人一直在瞪着眼睛望着——但是他看不见什么,因为他的心专注在一个梦想的境界中了——后来过了很久,他猛然看见这孩子的眼睛是睁开的——睁得很大,并且还直瞪着哩!——恐怖得要命地向上瞪着那把刀。老人脸上露出一阵微笑,像一个满心欢喜的魔鬼似的;他既不改变姿势,也不移动位置,问那孩子说:

　　"亨利八世的儿子,你做过祷告了吗?"

　　这孩子无可奈何地想挣脱他的束缚;同时从他那捆着的嘴里勉强发出一点闷住的声音,隐士就把这个声音当作这孩子对他的问题所做的正面回答。

　　"那么你再祷告一回吧。做一次临死的人的祈祷!"

　　那孩子发出一声绝望的呻吟,他停止了挣扎,只是喘气。然后眼泪流出来了,一颗一颗地顺着脸上往下滴;但是这幅凄惨的情景对这个野蛮的老人并没有发生使他心软的效果。

这时候黎明来到了；隐士看出了这点，就很凶恶地大声嚷起来，声音里还带有几分紧张不安的意味：

"我不能再贪图欣赏这种得意忘形的心情了！黑夜已经完了。好像是一会儿工夫就过去了似的——简直就像是只过一会儿；这一夜要是能拖到一年多好啊！教会摧残者的孽种，你要是怕看着我下手的话，就闭上你这双临死的……"

其余的话就变成了含糊不清的嘟囔声，听不见了。这老人又跪下去，手里拿着刀，向那呻吟的孩子身上弯下腰去——

听！木棚附近有些人说话的声音——隐士手里的刀掉在地下了；他把一件羊皮袄盖在那孩子身上，就战战兢兢地惊跳起来。外面的声响更大了，说话的声音随即变得粗鲁而愤怒；然后又有相打的声音和求救声；跟着就是一阵逃跑的急促的脚步声。木棚子的门上立刻就有一连串震耳的敲击声响起来，跟着还有人喊道：

"喂！开门！赶快开，赶快赶快呀！"

啊，这可是最可喜的声音，国王耳朵里听到过的最悦耳的音乐也赛不过这个；因为这是迈尔斯·亨顿的声音！

隐士枉自生气，咬牙切齿地从卧室里迅速地走出去，随手把门关上了；随即国王就听见"小教堂"里传来这么一段谈话：

"向您敬礼，敬爱的神甫！那孩子在哪儿？——我那个孩子？"

"什么孩子，朋友？"

"什么孩子！请你别说谎，神甫先生，不用哄我！——我不爱听这一套。在这附近，我抓住了那两个流氓，我猜孩子就是他们从我那儿偷去的，所以我就叫他们供出来；他们说他又跑掉了，他们跟着他的脚印找他，一直追到你这门口。他们连他的脚印都指给我看了。现在你别说废话哄人了吧。告诉你，神甫先生，你要是不把他交出来，那我就……那孩子在哪儿？"

"啊，好先生，大概您是说在这里住了一夜的那个穿得破破烂烂的皇家流浪儿吧，如果像您这样的人物关心他那种孩子的话，那么，我告诉您吧，我派他出去做点小事情去了。他不久就会回来。"

"要多久？要多久？快说，别耽搁工夫——我追得上他吗？他得多大工夫回来？"

"您不用动；他很快就会回来。"

"那么就这样吧。我等一等看。可是别忙！你派他出去干点小事情呀？——你！不消说，这准是撒谎——他不会去的，你要是对他这么无礼，他就会把你那几根老胡子拽掉。你撒谎了，朋友；你一定是撒谎了！他不会为你去跑腿,随便什么人叫他去,他也不会干。"

"随便什么人哪——对,他不会干;或许不会干。不过我并不是个人哪。"

"怎么!那么你究竟是什么?"

"这是个秘密——你千万不要说出去。我是个大天使!"

迈尔斯·亨顿拼命惊喊了一声——并不怎么恭敬——接着就说:

"这倒实在是可以说明他为什么这么听话!我的确知道他决不肯动一动手脚,伺候凡人;可是天哪,大天使发出命令来的时候,那就连国王也非遵守不行了!让我去……嘘!那是什么声音?"

他们谈话的时候,国王始终在隔壁,一会儿吓得发抖,一会儿又因为怀着希望而颤动;他一直都在使尽全副气力,发出痛苦的呻吟,老是希望着能传到亨顿耳朵里,可是他老是很悲痛地发觉他的声音没有被他听见,至少是没有引起他的注意。所以后来他终于听见他的仆人说了那么一句话,就好像是一阵可以活命的清风从生气勃勃的原野吹到了一个垂死的人身上一般;于是他又使尽全副精力,拼命喊了一声,恰好这时候隐士正在说:

"声音?我只听见风在吹。"

"也许是风声。对,一定是。我一直都听见这个声音模模糊糊地……又在响哪!那不是风!这声音真奇怪!喂,我们得把它弄清楚!"

这时候国王的欢喜几乎是叫他受不了。他那疲乏的肺部拼命使劲儿——而且是满怀希望——但是他的嘴被捆住了,身上盖的那件羊皮袄又把他闷住,这就使他的喊声不响。随后这可怜虫听见隐士说出下面这两句话,他就灰心丧气了:

"啊,那是外面来的声音——我想是从那边的矮树林子里来的。走,我来领路吧。"

国王听见那两个人一面谈着话往外走;又听见他们的脚步声很快就走得老远,终于听不见了——于是他就只剩下自己一个人,四周围是一片不吉利的、阴森可怕的沉寂。

等他再听见脚步声和说话的声音过来的时候,就好像是熬过好些年了——这次他听见另外还有一种声音——显然是咔嗒咔嗒的蹄声。然后他听见亨顿说:

"我不在这儿再等了。我也不能再等了。他准是在这个密树林里走迷了路。他往哪一边走的?快说——指给我看吧。"

"他……你等一等;我陪你去。"

"好吧——好吧!嗐,您实在比您的外表还要好哪。真是,我觉得再没有哪个大天使有您这么好的心肠了。"

那被捆的小国王听见人声和脚步声渐渐模糊下去,

终于听不见了，他真是说不出的难受。这下他暂时觉得一切希望都完了，一阵沉重的绝望笼罩在他心头。"我的唯一的朋友受了骗，让他摆脱了，"他心里想，"隐士会回来，他要……"他想到这里，就急得喘了一口气；于是又拼命地挣扎，要想解脱他的束缚，结果他终于把那件闷人的羊皮袄甩开了。

这时候他听见门开了！这个声音把他吓得连骨髓都冷透了——他好像已经觉得刀子放在他嗓子上了。恐怖使他闭上了眼睛；恐怖又使他把眼睛睁开——谁知站在他眼前的却是约翰·康第和雨果！

假如他的嘴没有被捆住的话，他一定会喊一声"谢天谢地！"

一两分钟之后，他的四肢就被解开了，捉他的那两个人每个抓住他一只胳臂，架着他飞快地从森林中钻出去了。

 第二十二章 诡计下的牺牲者

国王"疯子一世"又和那些游民和歹徒一起流浪了，他成了他们那粗鄙的戏谑和无聊的讥讽的对象，有时候帮头不在场，他还得遭康第和雨果一些小小的欺负。真正讨厌他的，除了康第和雨果而外就没有别人。其他的人有些很喜欢他，大家都佩服他的勇敢和气魄。

这伙人想尽方法要叫国王供他们驱使，但是都没有办到。他坚决地拒绝照办；不但如此，他还时常企图逃跑。他刚回来的那一天，被推进一个没有人看守的厨房里；他不但空手而回，而且还打算惊动那一家人。他又被派和一个补锅匠一同出去，帮他做活；但是他拒绝工作；不但如此，他还拿起补锅匠的焊烙铁要打他；后来雨果和这个补锅匠两人就觉得光只为了防止他逃跑，已经就叫他们忙得够受了。凡是妨碍他的自由，或是勉强叫他供差使的人，他都要摆出皇家的架子，对他们大发雷霆。有一回他在雨

果的监督之下，被派陪着一个遢邋的女人和有病的小娃娃出去讨钱；但是结果也令人失望——他不肯替那两个乞丐向人哀求，无论叫他干哪一角都不行。

这样过了好几天；这种流浪生活的苦楚，以及这种生活的无聊、下贱、卑鄙和丑恶，使这个俘虏越来越不能忍受，于是他终于觉得他逃脱了隐士的刀，至多也不过是暂时拖延一下死期罢了。

雨果则在心中充满了对国王进行报复的打算。他特别拟定了两个办法。一个是对这孩子施以一种特殊的凌辱，打击他那骄傲的态度和"幻想的"帝王威风；如果这一招不成功，他的另一种办法就是设法把某种罪行栽到国王身上，然后出卖他，使他落入无情的法网。

为了实行第一个办法，他提议在国王腿上弄一块"招财"，估量着这一定会使他感到极大的羞辱；等到这个招财能哄人的时候，他就打算找康第帮忙，强迫国王到公路上去把他的腿露出来，向人讨钱。"招财"是一个贼话的名词，指的是人工造成的假疮。做招财的人把干石灰和肥皂、铁锈和成糨糊似的药膏，抹在一块皮子上，然后把它紧紧地捆在腿上。这样就可以很快地使皮肤脱掉，里面的肉也显得粗糙难看；然后再在腿上抹一层血，等它干透了的时候，就显出一种讨厌的黑红色。然后再巧妙地故意随随便便捆上一些脏布和绷带，让那吓人的疮还能叫人看得见,借此引起过路人的怜悯心。

雨果把国王曾经用焊烙铁威胁过的那个补锅匠找来帮忙;他们领着这孩子出去补锅,刚一走出这个贼窝,他们就把他推倒,补锅匠就把他按住,同时雨果把那块抹着药膏的皮子紧紧地捆在他腿上。

国王大发脾气,破口大骂,他说他一旦回朝,马上就要把他们两个绞死;但是他们把他抓得很牢,欣赏他那无力的挣扎,还讥笑他的威胁。这种情形继续下去,直到后来,药膏就开始腐蚀皮肤了;如果没有人来打搅的话,那就用不着多大工夫,药膏就会收到圆满的效果了。但是偏偏有人来打搅,因正在这时候,从前说过那一大段话骂倒英国法律的那个"奴隶"忽然出场了,他打断了这件事情,把药膏和绷带都撕下来了。

国王要向他的解救者借用他的棍子,把那两个坏蛋当场痛打一顿;但是那个人说不行,那会惹出麻烦来——这件事情且等晚上再说吧;那时候全伙的人都在一起,外界的人也不敢来干涉或打搅。他赶着这三个人回到贼窝,把这件事情报告给帮头听,帮头听了他的报告,仔细想了一下,就决定以后不再派国王去讨钱,因为他显然是有本事担任一种较高和较好的任务——于是他马上就当场把他从乞丐的一级提升上去,派他去当扒手!

雨果高兴极了。他本来就想叫国王去偷东西,可是没有办到；现在可用不着操这份心了，因为这是司令部直接发出的清清楚楚的命令，国王当然是连做梦也不敢违抗的。于是他就给当天下午安排一个打起发的主意，希望在进行这个计划的时候，让国王落入法网；他决定要用非常巧妙的手段去干这件事情，使它显得是偶然的和无意的；因为现在国王已经很得人心了，如果帮里的人知道他这个大家所不喜欢的家伙施了这么严重的一个阴谋诡计，叫国王落到法律这个公敌手里，那大概是不会对他十分客气的。

好吧，雨果趁早领着他所要作弄的对象，游荡到邻近

的一个村庄去了；他们两个慢慢地在街上来回溜达着，走过一条又一条的街；一个是留神找一个可靠的机会，好实现他那害人的目的，另一个却是同样留神地找一个机会，准备跑掉，永远摆脱他那不体面的俘虏身份。

他们两个都错过了一些相当不错的机会；因为这次他们各人都在心里暗自打定了主意，非干得绝对有把握不行，谁也不打算让他那狂热的希望引诱他冒任何危险，干出什么不大可靠的事情来。

雨果的机会首先出现了。终于有一个女人提着一只筐子走过来，筐子里装着很饱满的一包什么东西。雨果眼睛里闪出幸灾乐祸的光来，他一面暗自在心里想着，"这可是个好机会呀，我要是能把这个栽到他头上，那就和他再见吧，你就要升天了！"他等待着、守候着——表面上装出耐心的样子，内心却兴奋得要命——后来那女人从他们身边走过去之后，时机就成熟了；于是他低声说："你在这儿站着，等我回来。"随即就偷偷地向那女人背后飞跑过去了。

国王心中充满了愉快——只要雨果一直追过去，跑远一些，他就可以逃跑了。

但是他并没有这种好运气。雨果悄悄地溜到那女人背后，把那一包东西抢过来，裹在他胳臂上搭着的一块破毯子里，就往回跑。那女人因为筐子忽然轻了，就知道被偷

了东西,虽然她没有看见,她却马上大嚷捉贼。雨果把那个包袱塞到国王手里,他还是不停地跑着,一面说:

"你跟着我同那些人一齐跑,嘴里嚷着'捉贼',可是你得当心,千万要把他们引到别处去!"

雨果马上就绕过一个墙角,顺着一条弯弯曲曲的小巷子飞跑过去——再过一两分钟,他又吊儿郎当地溜回来。装出一副无罪的、满不在乎的样子,躲在一根柱子背后,观察着结果如何。

受了侮辱的国王把那个包袱扔在地下;结果那块毯子就离开了包袱,正在这时候,那个女人过来了,背后还跟着越来越多的一群人;她把一只手揪住国王的手腕子,另一只手拾起她的包袱,开始把这孩子骂得狗血淋头,同时这孩子极力挣扎,想从她手里摆脱出去,可是摆脱不了。

雨果看够了——他的仇人已经被人抓住,就要被官家捉去了——于是他就兴高采烈,嘻嘻地笑着走回贼窝去,一面迈着大步,一面捏造一个适当的说法,好去向帮头手下那些人报告这件事情。

国王继续在那女人手里挣扎,时而恼怒地喊道:

"快把我放开,你这蠢东西;并不是我抢掉你那点不值钱的东西呀。"

人群围拢来,威胁着国王,把他乱骂一阵;一个强壮的铁匠围着皮子的围裙,袖子卷到胳臂肘上,伸过手来抓他，说是要好好地揍他一顿，教训教训他；可是正在这时候，有一把长剑在空中一闪，平着落在那个人的胳臂上，这就使他乖乖地住了手，同时拿剑的怪汉很和气地说：

"哎呀，好人们，我们对他斯文一点吧，用不着这么凶，也不用说那些狠心的话。这种事情应该依法处理，不能由私人随便乱来。大嫂，你放开这孩子吧。"

铁匠向这壮健的军人瞟了一眼，把他估量了一下，然后一面摸着他的胳臂，一面嘟囔着走开了；那女人很不情愿地把那孩子的手腕子放开；那一群人很不高兴地望着

这个陌生人，可是都很谨慎地闭住了嘴。国王一下跳到他的救星身边，满脸通红，眼睛里闪着喜悦的光，他大声喊道：

"迈尔斯爵士，你老不来，真急死人，可是你现在总算来得正好；你给我把这群坏蛋砍成肉酱吧！"

第二十三章　王子当了囚犯

亨顿勉强向国王微笑了一下，低下头去靠近他的耳朵小声说道：

"小声点吧，小声点吧，国王，您说话可千万要小心——不，根本就不要开口。相信我吧——一切终归会有好结果的。"

人群向两旁闪开，给一个警官让路，警官走过来，正要向国王肩膀上伸过手去的时候，亨顿连忙说：

"慢着，好朋友，不用动手——他自己会老老实实地去；这事情由我负责。你领头，我们跟着走。"

警官带着那个女人和她的包袱在前面走；迈尔斯和国王随后跟着，背后还有那一群人。国王很想反抗；可是亨顿低声对他说：

"您仔细想想吧，皇上——您的法律是陛下天经地义的御旨；难道皇上不遵守自己颁布的法律，还能指望臣民

尊重它吗？当然，这些法律已经有一条被违犯了；将来皇上回朝，想起他自己被人误认为老百姓的时候，曾经忠诚地把自己的国王身份降为平民，顺从法令，这难道会使陛下痛心吗？"

"你说得很对；无须多说了；你放心，大英国王要求一个老百姓遵守法律所要吃的苦，我保证他自己处在一个老百姓的地位的时候，也一定会忍受吧。"

那个女人被传到治安法官面前对证的时候，她发誓说被告席上那个小犯人就是偷东西的人；没有人提供反面的证词，因此国王就被宣告有罪了。然后庭上打开包袱一看，原来那里面包着的是一只肥胖的小烤猪，于是法官就显出为难的神情，亨顿也吓得脸色惨白，他惊慌失措，像触电似的打了一个冷战，透过全身；但是国王因为不懂这有什么要紧，始终是处之泰然。法官心神不安地沉思了一会儿，然后转过脸向那女人问道：

"你说这个东西值多少钱？"

那女人请了个安，回答说：

"三先令八便士，大人——要是叫我老老实实地说出价钱来，就不能再少一个便士了。"

法官神色不安地向在场的人扫了一眼，然后向那警官点点头，说：

"叫他们出去，把门关上。"

警官照办了。留下的只有法官和警官，原告和被告，还有迈尔斯·亨顿。亨顿吓得面无人色，额上凝集了一些大滴的冷汗，随后散开一下，又汇拢了，顺着两颊流下去。法官又向那女人转过脸去，用怜恤的声音说：

"这是个可怜的、无知无识的孩子，大概是饿得受不了，现在这种年头，穷苦人本来也是倒霉；你看，他脸上并不像个坏人的样子——可是饿得难熬的时候——大嫂呀！你知道吗，谁要是偷了价值十三个半便士以上的东西，照法律规定就要处他绞刑！"

小国王大吃一惊，吓得睁大了眼睛，但是他极力保持镇定，不声不响；那女人却不是这样。她猛然跳起来，惊骇得浑身发抖，大声喊道：

"啊，老天爷，这可是不得了！哎呀，我无论如何也不愿意绞死这个可怜的小家伙呀！啊，您给我想个补救的办法吧，老爷——我怎么办，我怎么办才行呀？"

法官保持着他那法官的镇定神色，从容地说：

"当然现在还可以改一改价钱，因为案卷上还没有写上去。"

"那么老天在上，把这只猪算做八个便士吧，谢天谢地，我良心上总算把这桩吓死人的事儿摆脱了！"

迈尔斯·亨顿高兴得要命，简直把一切礼节完全忘掉了；他伸开胳臂，把国王搂住，这使国王吃了一惊，并且还伤了他的尊严。那女人很感激地告别,拿着她的猪走开了;警官替她开门的时候,跟着她走到外面那个狭窄的过道里。法官动手在案卷里写下证词。亨顿向来很机警,他很想出去看看那警官为什么要跟着那女人出去;于是他就轻轻地溜进那黑暗的过道里,听听动静。结果他听见了下面这么一段对话:

"这只猪挺肥,很可以饱吃一顿;我给你买了吧;这儿是八个便士。"

"八个便士,你真说得好!你可不能这么干。我花了三先令八便士买来的,那是前一个皇上造的钱,一点也不假,才死的亨利老王连摸都没有摸过的新钱哪。你那八个便士算什么!"

"你在那里面说的话还算不算数?你发过誓的,足见你说价钱只有八个便士的时候,是起了假誓。马上跟我回去见法官老爷,承认这个罪吧!那孩子还是得处绞刑。"

"算了,算了,我的好人,不用多说了,我答应你。你给我那八个便士吧,可别跟别人说呀。"

那女人哭哭啼啼地走了;亨顿又悄悄地回到审判室里,警官把他骗来的东西藏在一个方便的地方,也就马上跟着进来了。法官继续写了一会儿,然后向国王念了一篇聪明而和善的训词,判决他一个短期徒刑,关在普通的监狱里,完了还要当众鞭打一顿,惊骇的国王张开嘴来,大概是要发出命令,把这位好心的法官当场斩头;但是他看见亨顿对他做了个警告的手势,于是他就连忙闭上嘴,没有漏出什么来。

 第二十四章　脱逃

　　那一个短促的冬天快要完了。街上行人稀少，只有很少几个东奔西窜的人，他们匆匆忙忙地一直往前走，都显出一心一意的神气，只急于尽快把事情办完，然后赶回家去舒服舒服，躲避将要起来的大风和越来越暗的夜色。他们都不东张西望；大家对这几个人都不注意，甚至好像是根本没有看见他们。爱德华六世有些怀疑，不知从前是否有过哪一个国王上监狱里去的场面曾经遭遇过这种惊人的冷淡。后来警官到了一个没有人的市集场所，继续往对面走。他走到中间的时候，亨顿伸手按在他的胳臂上，低声地说：

　　"等一等，先生，这里没有人听见，我要跟你说句话。"

　　"我的职务不许我跟你谈话，先生，请你不要耽误我吧，天快黑了。"

"可是你还是要待一下,因为这事情跟你有密切的关系。你转过身去,装作没有看见,让这可怜的孩子逃掉吧。"

"你跟我说这种话呀,先生!我要逮捕你,这是依……"

"嘿,你不要太性急吧。你千万得小心,不要犯那傻头傻脑的错误。"——然后他把声音降低,降成耳语,贴近那个人的耳朵说——"你花八个便士买了那只猪,就可以叫你的脑袋搬家呀,伙计!"

那可怜的警官冷不防听到这个,吓了一跳,起初他简直目瞪口呆,后来他终于又说起话来了,于是他就大声地嚷,说些威胁的话;可是亨顿却很镇定,耐心地等着,一直等到警官说得气都透不过来的时候,然后他说:

"朋友,我对你很有好感,我不愿意看见你遭殃。你当心吧,我全都听见了——一字一句都听见了。我可以给你证明一下。"于是他就把那警官和那女人在过道里说的话逐字地背了一遍,完了还补上这么两句:

"怎么样——我背得对不对?如果有必要的话,我难道还不能在法官面前背得清清楚楚吗?"

这个人由于恐惧和苦恼,一时哑口无言;然后他又打起精神,故意装作不在乎的样子说:

"这未免小题大做,把玩笑当起真来了;其实我不过

逗一逗那个女人，给我自己开开心罢了。"

"你把那女人的猪留下来，难道也是开玩笑吗？"

这个人机警地说：

"没有别的意思，好先生——我担保那只是开开玩笑。"

"我真要相信你哩，"亨顿说，他的声调里掺杂着一半讥讽、一半自信的口气，使人捉摸不清，"可是请你在这里等一下，让我跑去问问法官老爷——反正他是个对法律有经验的人，对玩笑，对……"

他一面走开，一面继续说话；警官迟疑了一阵，心里烦乱不安，他诅咒了一两声，然后喊道：

"站住，站住，好先生——请你稍等一等——法官！嗐，朋友，他对于开玩笑也不会表同情，就像一个死尸一样——回来吧，我们再商量商量。"

亨顿一本正经地回答他，那严肃的语气使他周围的空气都发冷了：

"你这个玩笑在法律上有个名词——你知道那叫什么吗？"

"我不知道！也许是我的知识太差。我从来没有梦想到这还有个名称——啊，天哪，我还以为这是独出心裁的哩。"

"的确是有个名称。这在法律上叫作'乘人之危，诈欺取财'。"

"哎呀，我的天哪！"

"那是犯死罪的！"

"老天保佑我，我犯罪了！"

"你趁着别人出了毛病，乘人之危，任意摆布，强夺了价值十三个半先令以上的财物，只给了很少一点钱；这在法律上看起来，叫作实际的受贿罪，隐匿罪，渎职罪，严重的贪赃枉法罪——治这种罪的刑罚是绞死，不得赎身，不得减刑，不得援用优待牧师的恩典。"

"搀着我吧，扶着我吧，好心的先生，我的腿站不住了！请你发发慈悲——饶了我这个死罪吧，我转过背去，出什么事我都装看不见。"

"好！你这才叫作聪明，有脑筋。你把猪也归还原主吧。"

"我还她，我还她，一定还——以后再也不动手了，哪怕是天上掉下来的，大天使送给我的，我也不敢要了。走吧——我为了你而瞎眼了——我什么也看不见。我就说你闯进来从我手里强迫把犯人抢走了。那扇门是很不结实、很破旧的——等到半夜过后天还不亮的时候，我就自己去把它敲破。"

"就这么办吧，好人，决不会出什么毛病的；法官对这个可怜的孩子很慈善，不会因为他逃掉了而掉眼泪，也不会把看牢的打断骨头，你放心吧。"

第二十五章　亨顿第

亨顿和国王刚走出警官的视线之后,他就吩咐皇上陛下赶快跑到村镇外面去,在某个地方等着,同时他要回到小客栈去把账结清。半小时之后,这两个朋友就骑上亨顿那两头不像话的牲口,欢欢喜喜地慢慢往东走。国王现在又暖和又舒服了,因为他已经甩掉了他那一身破衣服,穿上亨顿在伦敦桥上买的那一套旧衣服了。

他和国王大约走了十英里来路,就到了一个相当大的村镇,于是他们在一个很好的客栈里住下来过夜。从前的关系又恢复了;国王用餐的时候,亨顿就在他背后站着伺候他;他准备睡觉的时候,亨顿就替他脱衣服;然后自己在地板上睡觉,用一条毯子裹着身子,挡住门横卧着。

第二天和再往后一天,他们都懒洋洋地慢慢往前走,一面谈着他们分手之后所遭遇的惊险经历,彼此对于各人所叙述的事情都大感兴趣。

他们在路上的最后一天,亨顿的情绪非常高涨。他嘴里不断地说个天花乱坠。他谈到他那年老的父亲,谈到他哥哥亚赛,还叙述了许多事情,说明他们那高尚和慈祥的性格;他谈到他的爱迪思,就高兴得眉飞色舞,他心里不知多么欢喜,以致连提到休吾的时候,也能说出一些温柔的手足之情。他把快要来到的亨顿第的久别重逢的情景说了一大套;他预料人人都会大为惊喜,热烈地表示谢天谢地和兴高采烈的心情。

那是一个风光明媚的地方,到处点缀着一些村舍和果

园,大路由广阔的草原中穿过,草原一望无际,向远方伸展,中间有许多坡度不大的小丘和洼地,使人联想到一片波涛起伏的海洋。那天下午,这位回家的浪子常常离开大路,爬到小山丘上,看看是否能够从远处望过去,瞥见他的家。最后他终于如愿以偿,于是他就兴奋地喊道:

"那就是我们的村庄,皇上,亨顿第就在那附近!你从这儿就可以看见那些碉楼,还有那片树林——那就是我父亲的猎园。啊,现在你就会知道那有多大的气派,多么富丽堂皇!那所房子有七十个房间——你想想看!二十七个仆人!那么个地方给我们这种人住,真是漂亮得很,是不是?走,我们赶快吧——我着急得很,再耽搁我简直受不了。"

于是他们拼命往前赶;结果还是三点过后才赶到那个村镇。这两位旅客从镇上匆匆穿过,不久就到了村镇的尽头;然后这两位旅客走上一条弯弯曲曲的狭路,两旁夹着很高的篱笆;他们沿着这条小路轻快地向前跑了半英里来路,然后穿过一座派头十足的门楼,走进一个绝大的花园,那门楼的高大石柱上刻着纹章的图案。一座豪华的宅邸呈现在他们跟前。

"欢迎您到亨顿第来,皇上!"迈尔斯欢呼道,"啊,这真是个盛大的日子!我父亲和我哥哥和爱迪思小姐都会高兴得要命,在刚见面的一阵狂喜中。也许会只来得及看着我，和我说话，所以对你就会显得有点冷淡——可是你不要见怪；过一会儿就会变了；因为我只要跟他们一说，你是受我监护的，再告诉他们我多么爱你，他们就会看在我迈尔斯·亨顿的面上，把你抱在怀里，永远把他们的宅邸和他们的心当成你自己的家！"

亨顿随即就在大门前跳到地下，再扶着国王下来，然后拉着他的手，连忙往屋里跑。他走了几步，就到了一间宽大的房子里；他走进去，匆忙中顾不到礼节，把国王推到椅子上坐下，随即就向着一炉木柴的大火前面一张写字台那里坐着的年轻人跑过去。

"跟我拥抱吧，休吾，"他喊道，"你说看见我回来了很高兴吧！把父亲请来，因为我非得再握到他的手，看见他的脸，听见他的声音，这个家还不能算是家哩！"

但是休吾暂时露出了一点惊讶的神色之后，却把身子往后躲，同时很严肃地瞪着眼睛望着这个闯进来的人——他那注视的眼光起初表示出几分伤了他的尊严的神气，然后又反映他内心的念头或是某种目的，变成了一种惊奇的表情，还掺杂着真正的或是假装的怜恤。随后他就用温和的声调说：

"你的脑筋大概是受过损伤了，可怜的陌生人；不消说，你一定是在人间四处流浪，吃过许多苦头，受过许多粗暴的打击；你的脸色和衣服都表现出来了。你把我当成什么人呢？"

"'当成'什么人？请问，你不就是你，还能是谁呀？我把你当成休吾·亨顿哪。"迈尔斯高声地说。

对方还是用温和的声调继续说：

"那么你想着你自己是谁？"

"这和什么想不想是不相干的！你难道还装作不认识你的亲哥哥迈尔斯·亨顿吗？"

一阵惊喜的表情在休吾脸上掠过，他大声喊道：

"怎么！你不是开玩笑吗？难道死人还能复活？如果真是这种事，那可要多谢上帝！我们那可怜的、没有音信的孩子过了这么多年苦命的日子，又回到我们的怀抱了！啊！恐怕不会有这么好的事情，的确不会有这么好的事情——我请你积德，不要跟我开玩笑吧！快着——到亮处来——让我来仔细看看你！"

"尽管看吧，兄弟，尽管看吧，不要紧；你总会看出四肢和面孔，无论哪一点都经得住考察。你尽管打量，尽管仔细看，看个够吧，亲爱的兄弟——我的确是你从前那个迈尔斯，一点也不错，就是你那没有音信的哥哥，对不对？啊，这真是个盛大的日子——我早就说过，这是个盛大的日子！跟我握手吧，让我亲亲你的脸吧——天哪，我简直欢喜得要命呀！"

他正想扑过去抱住他的兄弟；但是休吾举起手来表示

反对，然后很伤心地把头低下去，垂在胸前，一面很激动地说：

"啊，请上帝开恩，给我一点力量，让我能经得住这场伤心的失望吧！"

迈尔斯吃了一惊，一时目瞪口呆；然后他透过气来，才大声说：

"什么失望？难道我不是你的哥哥吗？"

休吾悲伤地摇一摇头，说：

"我希望老天爷能证明你是的，还要叫别人来看看，也许你有些相像的地方，我没有看得出来，他们能看得出吧。哎呀，我恐怕那封信说的一点也不错哩。"

"什么信？"

"六七年前从海外寄来的。信上说我的哥哥阵亡了。"

"那是谣言！请父亲来——他会认识我。"

"死人是请不来的。"

"死了？"迈尔斯的声音低下去了，他的嘴唇直发抖，"我父亲死了！——啊，这可是个伤心的消息。这把我的快乐消掉一半了。请你让我见见亚赛哥哥吧——他会认识我；他会认识我，还会安慰我哩。"

"他也死了。"

"上帝保佑我吧，我这倒霉的人！死了——两个都死了——老天爷把高尚的人收去了，偏留下我这没出息的活着！啊！我请你积德！——你可不要说爱迪思小姐也……"

"也死了？不，她还活着。"

"那么，谢天谢地，我又快活到极点了！赶快吧，兄弟——让她出来见我！如果她说我不是的话——可是她不会那么说，不会，不会，她一定会认识我，我怎么要怀疑这点，真是太傻了。请她来吧——把那些老用人也叫来；他们也会认识我。"

"全都死了，只剩下五个——彼得、哈尔赛、大卫、柏纳德和玛格丽特。"

休吾一面这么说，一面离开了这间屋子。迈尔斯站着沉思了一会儿，然后开始在屋里走来走去，嘴里嘟囔着说：

"只有这五个顶坏的浑蛋活着，其余那二十二个老实忠心的都死掉了——真是怪事。"

他继续来回地走着，喃喃地自言自语；他完全把国王忘记了。后来皇上陛下严肃而又略带几分真诚的同情说：

"不要为你的不幸而难受吧，好人；世界上还有别人也弄得身份不明，自己说是什么人，还要受人嘲笑哩。有人和你同病相怜啊。"他这几句话，亨顿还可能认为是有意挖苦他哩。

"啊，国王，"亨顿脸上稍微红了一下，大声说，

"请您不要把我当成坏人吧——等一等,您就会明白。我说的是真话;我不会欺骗您,假如别人都不相信我的话,我请求您千万不要怀疑我——我受不了啊。"

"我不怀疑你。"国王以孩子般的天真和信任的态度说道。

"我真心地感谢您!"亨顿大声说道,他那热情的声调表示他受了感动。国王仍旧用他那温和的天真语气接上去问了一句:

"你是不是怀疑我呢?"

亨顿猛然感到一阵内心的狼狈,正在这时候,恰好门开了,休吾走进来,这就给他解了围,使他没有回答的必要,因此他倒觉得很高兴。

一个美丽的女郎,穿着华丽的衣服,跟着休吾出来了,她后面还来了几个穿号衣的仆人。这位女郎低着头,把眼睛望着地下,慢慢地走。她的脸色说不出地阴沉。亨顿扑向前去,大声喊道:

"啊,我的爱迪思,亲爱的——"

但是休吾严肃地摆一摆手,把他挡回去,一面对那女郎说:

"你看看他。你认识他吗?"

那女人一听迈尔斯的声音,就微微地惊动了一下,脸上也涨红了;这时候她浑身发抖。她站着不动,令人感动

地踟蹰了几分钟；然后慢慢抬起头来，用一种冷酷而惊骇的眼光注视着亨顿的眼睛；她脸上的血色一滴一滴地消失了，直到后来，满脸只剩下一片死人一般的惨白；然后她说："我不认识他！"她的声音也是死气沉沉的，正如她的脸色一样；随后她就发出一声呻吟和抑制住的低泣，一歪一倒地走出这间屋子了。

迈尔斯·亨顿倒在一把椅子上，双手把脸蒙住。稍停了一会儿，他的兄弟对仆人们说：

"你们都看见他了。你们认识他吗？"

他们都摇摇头；然后主人就说：

"这些仆人也不认识你,先生。我想你恐怕是弄错了。刚才你看见了,我的妻子也不认识你。"

"你的妻子!"休吾立刻就被推到墙上按住,他的嗓子被一只铁钳似的手掐得紧紧的。"啊,你这狐狸心肠的下流东西,我全都明白了!是你自己写的那封骗人的信,结果就把我的新娘抢过去,把财产也霸占了。好——你赶快滚开,否则我就要杀掉你这可怜的小人,那未免玷污我那光荣的军人身份了!"

休吾满脸通红,几乎被掐死了,他歪歪倒倒地跑到最近的一把椅子上坐下,命令仆人们抓住这个行凶的陌生人,把他捆绑起来。他们迟疑不敢动,其中有一个说:

"休吾爵士,他带着武器哪,我们都是赤手空拳的。"

"带着武装?你们这么多人,那有什么关系?逮住他,我命令你们!"

但是迈尔斯警告他们不要轻举妄动,接着又说一句:

"你们从前都知道我的本领——我现在还是没有变;只要你们高兴,就来试试吧。"

这一句警告的话使这些仆人不大壮得起胆来;他们仍旧不敢上前。

"那么你们去拿着武器,把门守住吧,你们这些不中用的胆小鬼,我另外派个人去把卫兵找来。"休吾说。他走到门槛那儿,又回过头来对迈尔斯说,"你可不要打算逃跑，那是没有用的，徒然自找苦吃；你还是老老实实待着，对你才有好处。"

"逃跑？你要是只担心这个的话，那就请你放心吧。因为迈尔斯·亨顿是亨顿第的主人，这里一切都是他的。他要在这里住下去——毫无问题。"

 第二十六章　被否认了

国王坐着沉思了几分钟，然后抬起头来说：

"真是奇怪——太奇怪了。我不懂这是怎么回事。"

"不，这并不奇怪，皇上。我知道这个人，他这种行为是很自然的。他生来就是个坏蛋。"

"啊，我说的不是他呀，迈尔斯爵士。"

"不是说他？那又是说的什么呢？有什么事奇怪？"

"我说的是国王失踪了，大家还不在乎哪。"

"怎么的？哪个国王？我想我不懂你的意思。"

"哼！现在并没有人派信使到全国各地去，到处贴告示，说明我的相貌，找我回朝，难道你不觉得这是非常奇怪的事吗？国家的元首失踪了——我跑得不知去向了，难道这还不是叫人慌张、叫人着急的事情吗？"

"的确不错，皇上，我忘记了。"于是亨顿就叹了口气，低声自言自语地说，"可怜的神经错乱的脑子——还

在忙着做它那感伤的大梦哪。"

"但是我有一个办法,可以使我们两个都能够申冤。我来写封信,用三种文字——拉丁文,希腊文和英文——你明天早上就拿着这封信,赶快送到伦敦去。你把它交给我的舅父赫德福伯爵,不要交给别人;他看见这封信,就会知道是我写的。那么他就会派人来接我回朝。"

"皇上,我们是不是最好在此地等一下,让我证明自己的身份,确定我对这份产业的主权呢?那么一来,我就比较有办法……"

国王迫不及待地打断他的话说:

"住嘴!你这点渺小的产业,你这点微不足道的财富,比起那有关国家的祸福和王位的安危的大事,算得什么!"然后他好像是为了语气太严厉而抱歉似的,又用温和的声调说道:"你服从我的命令吧,不要害怕;我会恢复你的地位,我会使一切都归还你——是呀,还不止你原有的一切哩。我不会忘记你,一定要报答你。"

他一面这么说,一面拿起笔来。动手写信。亨顿慈爱地注视了一会儿,然后暗自想道:

"假如是在黑暗的地方,我真会以为这是个国王说话哩;不消说,他发起脾气来的时候,简直就大发雷霆,倒是真像个国王哩——咦,他从哪儿学来了这套把戏?瞧他那么怪自在地乱涂乱画,写出那些莫名其妙的鬼字,心里想象着那就是拉丁文和希腊文——除非我能想出个好主意来，使他打消这个企图，明天我就得被他强迫着走开，假装着赶到伦敦去，办他给我想出的这件疯头疯脑的差事哩。"

迈尔斯爵士的心思随即又回到刚才发生的事件上来了。他非常专心地沉思，以致国王把他刚才所写的那封信交给他的时候，他就接过来放在口袋里，自己还不知不觉。"他的举动多么奇怪呀，"他自言自语地嘟囔着，"我想她是认识我——我又觉得她不认识我。这两种想法是互相矛盾的，我看得很清楚；我无法把两者折中起来，也不能用争辩的方法打消其中的一种想法，甚至想要使一方面的道理胜过另一方面都办不到。这事情显然是这样的：她一定是认识我的面孔、我的身材和我的声音，因为她怎么会不认识呢？可是她偏说她不认识我，这也就十足地证明她的确不认识，因为她决不会撒谎。但是这不对——我看我渐渐明白了。大概是他笼络她——命令她——强迫她撒的谎。"

他迫切地向门口走过去；正在这时候，门就开了。爱迪思小姐进来了。她脸色惨白，但是她走路的脚步却很稳，她的举止是充满了高雅和端庄之美的。她的脸色还是像原先那么忧郁。

迈尔斯快快活活地满怀着信心，连忙跑上前去迎接她，但是她做了个几乎看不见的手势，把他挡住，于是他就在原地站住了。她坐下来，叫他也坐下。爱迪思小姐说：

"先生，我来警告你。要想说服疯子摆脱幻想，也许是不可能的；但是奉劝他们避免危险，也许还能说得通吧。我看你这种梦想在你心目中好像是真有其事，所以那也就不算是有罪——可是你千万不要怀着这个梦想留在这里；因为这是个危险的地方。"她向迈尔斯脸上定睛望了一会儿，然后令人感动地接着说，"假如我们那失踪的孩子还活着的话，他长大了一定是跟你这个样子很像，这就使此地对你更加危险了。"

"天哪，夫人，我的确是他呀！"

"我很相信你是那么想，先生。我不怀疑你这是说的老实话——我不过是警告警告你，没有别的意思。我的丈夫是这带地方的主人；他的权力几乎是无限的；他叫他手下的人发财就能发财，叫他们挨饿就得挨饿。假如你并不像你所自称的这个人，我的丈夫还可以让你自由自在地做你的大梦，痛快痛快；可是请你相信我吧，我很知道他这个人，我知道他会干出什么事来；他会对大家说，你不过是个疯头疯脑的骗子手，所有的人马上就会附和他。"

"我完全相信你的话，"迈尔斯刻薄地说，"既然他有那么大的威力，能叫一个人俯首听命，出卖他的终身伴侣，剥夺他的继承权，那么要叫那些连吃饭和活命都难保、根本顾不到什么礼义廉耻那一套的人唯命是从，大概

是很容易的喽。"

那位女郎脸上隐隐约约地涨红了一会儿,她垂下眼睛望着地下;但是她继续说话的时候,声音里还是没有流露出感情的成分:

"我已经警告过你,现在还是不得不警告你离开这里。否则这个人就会要你的命。他是个昧尽良心的专制魔王。我是让他上了脚镣手铐的奴隶,知道他的狠心肠。可怜的迈尔斯和亚赛,还有我那亲爱的监护人理查爵士,都摆脱了他,长眠不醒了——你宁肯跟他们在一起,也不要留在这里,遭这个坏蛋的毒手。你的要求对他的爵位和财产都是一种威胁;你还在他自己家里对他动过武——你要是不走,那就完蛋了。去吧——不要迟疑。你要是缺钱用,就把这一袋钱拿去,买通那些用人,让你出去,我央求你。啊!可怜的人,听我的警告吧,趁着还可以逃的时候赶快逃吧。"

迈尔斯做了个手势,谢绝了她的钱,起来在她面前站着。

"请你允许我一件事情吧,"他说,"把你的眼睛望着我,好让我看看你是否沉得住气。好——现在你回答我吧。我是不是迈尔斯·亨顿?"

"不是。我不认识你。"

"你发誓!"

回答的声音很低,却是清清楚楚的:

"我发誓。"

"啊,这真是叫人不相信呀!"

"快跑!你为什么要耽误这种宝贵的时间?赶快逃命吧。"

正在这时候,有些军官冲进屋里来了,随后就是一场猛烈的格斗;但是亨顿不久就力竭就擒,被拖出去了。国王也被捕了,两人都被捆绑起来,送到监狱里去了。

 第二十七章　在狱中

牢房里都挤满了犯人；于是这两个朋友被锁上链子，关在一间看守犯小罪的人的大屋子里。他们有许多伴侣，因为这里有二十来个上了脚镣手铐的男男女女、老老少少的犯人——这是一群下流的、吵吵闹闹的家伙。国王因为他的天子之尊受到如此惊人的侮辱，切齿痛恨地大发脾气；亨顿更是憋住一肚子气，不声不响，他简直弄得莫名其妙。他这个兴高采烈的浪子回到了家里，原是指望着人人都为了他的归来而狂喜；结果却反而遭到了冷待，进了牢狱。

但是他那纷乱的、苦痛的心思渐渐平静下来，有了几分头绪，然后他的脑筋就集中在爱迪思身上了。他把她的行为翻来覆去地想了一阵，以各种看法把它仔细研究了一下，但是他简直得不到什么满意的结论。

以后那个礼拜当中，日日夜夜所发生的事情都是非常单调的；白天有些人进来瞪着眼睛望着这个"骗子手"，

否认他的身份，并且还侮辱他，而这些人的面孔，亨顿还大致记得清楚；一到夜里，吵闹就很有规律地继续不停。但是后来终于有了一个变化。狱吏带进一个老年人来，对他说：

"那个坏蛋在这间屋子里——把你那双老眼四处望望，看你能不能认出他是哪一个吧。"

亨顿抬头望了一眼，马上就起了一阵愉快的感觉，这是他关进牢里以后第一次意识到的。他心里想，"这是布莱克·安德鲁，他一辈子在我父亲家里当仆人——是个老老实实的好人，心肠很正直。那是说，从前他是这样。可是现在谁也靠不住了；大家都是些撒谎的家伙。这个人一定会认识我——而且也会像别人一样否认我哩。"

那老头儿在屋子里东张西望，把每个人的脸都看了一眼，最后他说：

"这儿我只看见一些小流氓，都是街上的渣滓。他是哪一个？"

狱吏大笑起来。

"这儿，"他说，"你仔细瞧瞧这个大畜生，再把你的意见告诉我吧。"

这老头儿走到亨顿跟前，很认真地把他上下打量了很久，然后摇摇头，说：

"哎呀，这可不是亨顿家里的人——向来就不是！"

"对!你这双老眼还挺不错哪。我要是休吾爵士的话,就会把这个肮脏的坏蛋抓去,给他……"

狱吏说到这里,就踮起脚尖,假装有一根绞索把他吊起来似的,同时他嗓子里还发出喀喀的声音,表示透不过气的样子。那老头儿很仇恨地说:

"他要是不遭更严厉的处罚,那真得感谢上帝。如果叫我来处置这个坏蛋,那就得把他烤死,要不然我就不算好汉!"

狱吏阴险地大笑了一阵,然后说:

"你也臭骂他一顿吧,老头儿——他们都这么做哩。你会觉得那是怪好玩的。"

于是他就逍遥自在地往他那休息室里走去,看不见了。这老人双腿跪下来,悄悄地说:

"多谢上帝,您又回来了,我的主人!这七年来,我一直相信您已经死了,可是你瞧,您还活着在这儿哪!我一看见您,马上就认识了;我还得装出一副冷酷的神气,好像是只看见一些下流的坏蛋和街上的游杂,那可真是挺费劲儿哩。迈尔斯爵士,我又老又穷;可是请您吩咐一声,我就去把事实宣布出来,哪怕我因此让人绞死,我也不在乎。"

"不行,"亨顿说,"你不要这么做。这会把你毁了,对我的事情还没有什么好处。可是我感谢你;本来我对人类已经丧失了信心,现在你又把我这种信心恢复几分了。"

这个老仆人对亨顿和国王都很有用处;因为他每天进来"骂"亨顿好几次,每回都偷着带几样美味的食物来,补助牢饭;同时他还供给一些新消息。

于是亨顿家里的情况就一点一滴地泄露出来了。亚赛死去已经六年了。这个损失,再加上迈尔斯杳无音信,就使老父身体更坏了;他相信自己快死了,于是他就希望休吾和爱迪思在他去世之前成亲;但是爱迪思极力恳求延期,老希望着迈尔斯回来;然后就来了那封报告迈尔斯的死耗的信;这个打击就使理查爵士一病不起了;他相信死期已近,于是他和休吾就坚决主张赶快促成这桩婚事;爱迪思苦苦哀求,才获得一个月的延期;然后又推迟了一个月,再推迟了一个月;后来终于在理查爵士临终的病床前面举行了婚礼。这个婚姻是不幸的。邻近一带的人悄悄地传说,婚礼过后不久,新娘就在她的丈夫的文件当中发现那封报告噩耗的信的几份潦草而不完全的草稿,因此就指责他恶意地伪造了这封信,借此促成婚事——还加速了理查爵士的死亡。四面八方都听到了关于休吾残酷对待爱迪思和仆人们的消息;自从父亲去世之后,休吾爵士已经完全抛弃了温和的假面具,对待所有依靠他和他的领邑吃饭的人,他都成了个铁石心肠的主人。

安德鲁的闲谈当中有一点,国王听了特别感兴趣:

"外面谣传国王疯了。可是请您积德,千万不要说是我谈了这个消息,因为人家都说谁要是传出这个消息就得处死刑。"

国王陛下瞪着眼睛望着这老头儿说:

"好人,国王并没有发疯呀——你与其在这里说这些淆惑听闻的废话,还不如去忙一些与你更有切身利害的事情,那对你是有好处的。"

"这孩子是什么意思?"安德鲁说,他从这意外的角

色受到这个突如其来的袭击,不免大吃一惊。亨顿对他做了个手势,他就没有再追问下去,又继续作他的汇报:

"一两天之内,已故的国王就要在温莎下葬——本月十六日——新王将在二十日在威斯敏斯特宫举行加冕礼。"

"我觉得他们必须先把他找到才行,"国王陛下嘟囔着说;然后他又很有信心地说,"可是他们一定会注意这件事情——我也要注意的。"

"看老天的……"

但是老头儿没有再说下去——亨顿做了个警告的手势,就把他这句话打断了。于是他又继续说他的闲话。

"休吾爵士会去参加加冕礼——他存着很大的奢望哩。他很自信地指望着被封为男爵回来,因为他是很受摄政王的宠信的。"

"什么摄政王?"国王陛下问道。

"桑莫赛公爵殿下。"

"什么桑莫赛公爵?"

"哎呀,只有一个嘛——就是赫德福伯爵赛莫尔呀。"

国王严厉地问:

"他是什么时候当了公爵和摄政王的?"

"从今年一月底起。"

"请问是谁让他当的?"

"他自己和国务会议——还有国王也帮了忙。"

国王陛下猛吃了一惊。"国王！"他喊道，"什么国王呀，老先生？"

"什么国王，真问得怪！天哪，这孩子有什么毛病？我们既然只有一个国王，当然不难回答——就是至圣天子爱德华六世陛下——愿上帝保佑他！是呀，他还是个仁慈可爱的小孩子哩；不管他是不是疯了——他们都说他的毛病天天都在好转——反正大家嘴里都在赞美他；大家都为他祝福，并且还祷天祝地，希望他长寿，多给英国当几年皇上；因为他一开始就很仁道地救了诺阜克公爵的命，现在他还打算废除那些折磨和压迫老百姓的最残酷的法律哩。"

这个消息使国王陛下惊讶得哑口无言，他马上就陷入深沉而阴郁的幻想，以致再也没有听见老人的闲谈了。他怀疑那个"小孩子"是不是他自己当初给他穿上了御服、留在宫里的那个小乞丐。这似乎是不可能的，因为他如果冒充太子，他的举动和谈话一定会叫他露马脚——然后他就会被撵出去，朝里就会寻找真正的太子。

亨顿千方百计都不能使国王宽怀——他根本不接受安慰，但是他附近有两个套着锁链的女人劝他的话反而更为有效。他在她们温柔的劝慰之下，终于安静下来，学得了几分忍耐的本领。他非常感激，渐渐对她们热爱起来，乐于和她们在一起，受那温柔体贴的影响。他问她们为什么进了监狱，一听说她们是浸礼会教友，他就微笑着问道：

"这难道也是犯了罪,应该关到牢里来吗?我很难过,因为你们快跟我分手了——你们只犯这点小罪,他们不会把你关得太久。"

她们没有回答,可是她们脸上的神色使他不安。

第二天早上国王醒来的时候,那两个女人已经不见了。

"她们得救了!"他高兴地说;随后他又丧气地接着说了一声,"可是我真倒霉!——因为她们是安慰我的人。"

她们各人留下了一小块丝带,用别针扣在他的衣服上,作为纪念品。他说他要把这点东西永远保存起来,不久他就要找到他这两位亲爱的好朋友,好好地照顾她们。

正在这时候,狱吏带着他手下几个人进来,吩咐他们把犯人都领到监狱的院子里去。

那个四方院子地下铺着石板,上面是露天的。囚犯们穿过一条高大的石砌拱道,被安排着站成一排,把背靠着墙壁。他们前面拦着一根绳子,同时还被那些看守的人监视着。

院子正当中站着两个女人,被链子拴在柱子上。国王望了一眼,就看出这是他那两个好朋友。他哆嗦了一下,心里想,"哎呀,她们并不如我所料,还没有被放出去哩。像这样的人居然要挨鞭子,真叫人想想都难受!——是在英国呀!哎,这实在是可耻——并不是在邪教的国家,而是在基督教的英国啊!她们将要遭鞭打;她们安慰过我,好心地待我,而我现在不得不袖手旁观,看着她们遭这种莫大的冤屈;我这应掌大权的一国之主,居然毫无办法,不能保护她们,真是奇怪,太奇怪了!可是这些浑蛋还是要当心他们自己才行,因为不久就会有一天,我要叫他们把这笔账算清楚。现在他们打一下,将来我要让他们挨一百下才行。"

一扇大门敞开了,有一群老百姓涌进来。他们拥挤在那两个女人周围,把她们遮住,使国王看不见了。一个牧师走进来,从人群中穿过,也被遮住了。

后来一声命令,人群向两旁站开了,于是国王看见一个可怕的情景,把他吓得连骨髓都冷透了。那两个女人周围堆起了许多柴把,有一个跪着的人正在把它们点着!

那两个女人低下头来,双手蒙住脸;黄色的火焰开始从那些噼噼啪啪直响的柴把当中往上升,一卷一卷的蓝烟顺着风飘开;牧师举起双手,开始祈祷——正在这时候,两个年轻的姑娘从大门外面飞跑着冲进来,一面发出凄惨的尖叫声,扑倒在火刑柱前的两个女人身上。她们立刻就被狱卒们拉开,其中有一个被抓得很紧,另外那一个却挣脱了,她说她要和她的母亲死在一起;人家还没有来得及阻止她,她又抱住了她的母亲的脖子。她又一次被拖开了,这一回她的长衣已经着了火。有三个男人抓住她,

把她的长衣烧着了的那一块揪掉，甩到一边，还在冒着火焰，她始终挣扎着要跑开，说她从此就要成为孤儿，恳求让她跟她的母亲一同死去。两个姑娘都不断地哀号，拼命要挣脱出去；但是这一阵喧嚣忽然被一连串钻透人心的临死的惨叫所淹没了。国王把视线从那两个疯狂的姑娘身上转到火刑柱那边，然后又向一边转过身去，把他那死灰色的脸靠在墙上，再也不看了。他说："我刚才在那片刻的时间里所看到的，永远会留在我心里，忘记不了；我一直到死，天天都会看见这幅惨象：每天夜里都会梦见它。上帝还不如让我瞎了眼睛啊！"

亨顿注意看着国王。他很满意地想道，"他的毛病好些了；他已经改变了性格，不像那么暴躁了。要是依着他的老脾气，他一定要痛骂这班狗东西。说他是国王，命令他们放掉那两个女人，不许伤害她们。现在他的幻想不久就会消掉，被他忘记，他那可怜的脑子就要恢复健全了。但愿上帝让这个日子快点来吧！"

那一天又有几个犯人被带进来过夜，他们都由卫兵押着，解到全国各地去，受他们所犯的罪应受的惩罚。国王和这些犯人谈话——他从头起就打定了主意，只要一有机会，就要询问那些囚犯，借此给自己增长见识，以后好把国王的职务做好——他们的悲惨故事简直使他伤心透了。其中有一个是个呆头呆脑的女人，她从一个织布匠那儿偷了一两码布——因此她就要被处绞刑。另外有一个男人，被人控告偷了一匹马；他说证据不能成立，所以他就以为可以免掉绞刑了；可是不行——他刚被释放，就有人告他打死国王的猎园里一只鹿，于是他又被传讯了；这回庭上证明了他有罪，现在他就要上绞刑架去了。另外还有一个匠人的徒弟，他的案子特别使国王难受；这个青年说。他有天晚上发现一只猎鹰从它的主人那儿逃掉了，就把它捉回家来，以为那是应该归他所有；但是法院却给他定了偷窃的罪，判了他的死刑。

国王对这些残暴的惩罚大为震怒，于是就叫亨顿越狱，跟他一同跑到威斯敏斯特宫去，好让他坐上宝座，举起权标来恩赦这些不幸的人，救他们的性命。"可怜的孩子，"亨顿叹息着想道，"这些悲惨的故事又使他的毛病发作了——哎呀，要不是为了这个意外的倒霉事情，他本来是很快就可以好的。"

这些犯人之中有一个年老的律师——他是个神色坚强和态度勇敢的人。三年前，他曾经写过一篇反对大法官的政论文章，攻击他不公正，结果因此受了惩罚，被夹上枷，割掉了耳朵，还被取消了律师的资格，另外还处了他三千镑罚金，判了无期徒刑。近来他又犯了那个罪，结果就被判要把他的耳朵剩下的部分割掉，还要付五千镑罚金，两边脸上都要烙上火印，继续执行终身监禁。

"这都是光荣的疤痕。"他一面说，一面把他那灰白的头发向后拨开，露出他从前的两只耳朵被割掉之后的残根。

国王的眼睛里因愤怒而冒火。他说：

"谁都不相信我——你也不信。可是这倒没关系——不出一个月，你就可以恢复自由；不但如此，那些使你受了耻辱、还把英国的名声玷污了的法律，都要从法令全书里扫除出去。世界上的事情都安排错了，国王有时候应该尝一尝自己的法律的滋味，学习学习仁慈才行。"

 第二十八章 牺牲

　　同时迈尔斯也对那种闲得无聊的监禁生活渐渐感到十足的厌烦了。但是现在他临到受审的时候了,这使他非常欣慰,他觉得他可以欢迎任何判决,只要不再把他关在牢里就行了。但是这一点他却想错了。他在法庭上被称为一个"顽强的流氓",并且为了他具有这种身份,又袭击过亨顿第的主人,就被判要把他的头和手脚戴上枷,当众坐两个钟头。他听到这些,感到非常愤怒。他声明他和控诉人是弟兄关系,并且依法应该由他继承亨顿家族的爵位和财产,但是他的话却被轻蔑地置之不理,简直就像是根本不值得调查真假似的。

　　他被领着去受刑的时候,大发脾气,还说了些威胁的话,但是都没有用处;他被狱卒们粗暴地拖着走,偶尔还要为了他那不敬的举动挨一个耳光。

　　国王无法从后面拥挤着的一群乌七八糟的人当中钻过

去；所以他就只好在背后跟着，和他那位好朋友和仆人离得很远。国王自己因为交了这种坏朋友，也几乎被判受足枷的刑罚，但是法官原谅他年轻，只给了他一番教训和警告，就把他释放了。

于是他向那块圆形空地当中飞跑过去，面对着行刑的狱吏，大声喊道：

"真丢脸！这是我的仆人——快把他放了吧！我是……"

"啊，别说了，"亨顿惊慌地喊道，"你会把你自己毁了！不要理会他吧，执行官，他是个小疯子。"

"理不理会他的问题，你不用操心，我并没有什么心

思理会他；可是多少得给他一点教训，这倒是我很感兴趣的。"执行官对一个手下的人说，"给这小傻子尝一两下鞭子的味道，好叫他改改态度。"

休吾爵士为了要顺便看看用刑的情况，骑着马到这里来了，这时候刚好才到一会儿；他提议说："抽他五六鞭子，还更合适一点。"

国王被捉住了。他一想到居然有大胆敢主张对他的御体施行这种骇人听闻的凌辱，简直气得神经都麻木了，因此他根本就没有抗拒。史书上曾经记载过用鞭子责罚一个英国国王的事情，把历史都玷污了——现在他想起自己不得不把那可耻的一页复制一份，真是难于容忍。现在他既已落难，也就无可奈何；他只好接受这种刑罚，否则就必须求饶。那可是太不像话了；他还是挨一顿鞭子吧——当国王的挨打还可以，反正不能告饶。

但是同时迈尔斯·亨顿却在给他解决这个困难。"放了这孩子吧，"他说："你们这些没心肝的狗东西，难道你们看不见他多么年轻，身体多么脆弱吗？把他放了——让我来替他挨鞭子吧。"

"哎呀，好主意——这倒是要向你道谢才行，"休吾说，他脸上显出了讥笑的快意神色，"把这小叫花子放走，让这个家伙替他挨十几鞭子吧——不折不扣的十几鞭，使劲儿打吧。"国王正要提出严重抗议，可是休吾爵士说了一句有力的话,就使他沉默下来了:"好吧,尽管说,不要紧,爱说什么就说什么吧——不过你得记住,你每说一个字,他就得多挨六下。"

亨顿在鞭挞之下并不叫喊,而以军人承当苦难的坚忍精神熬过了那一顿毒打。他这种精神加上他替那孩子挨打、免得他遭殃的高尚行为,使得周围看热闹的那些无聊的、下流的一堆乌七八糟的人都不能不对他肃然起敬;他们的嘲笑和叫骂消失了,剩下的只有鞭子打下去的声音。后来亨顿再被套上刑具的时候,那地方笼罩着一片鸦雀无声的沉寂,这与很短的时间以前那种侮辱的叫嚣比较起来,形成了一种强烈的对照。国王悄悄地走到亨顿身边,向他耳朵里低声说道:

"你这善良的、伟大的人啊,当国王的是不足以表扬你的高贵品质的,因为已经有比国王更崇高的上帝给你表扬过了;但是做国王的可以向凡人证实你的高贵。"他从地下拾起鞭子,轻轻地碰一碰亨顿的流血的肩膀,低声说道,"英王爱德华封你为伯爵!"

亨顿大为感动,泪水迸到眼眶里来了。但是当时那种滑稽可笑的情景简直使他很难保持严肃,以致他竭尽全力,才没有把他忍不住要笑的心情流露到表面上来。他这样光着脊梁、血淋淋的,突然一下子从普通犯人的刑具上升到伯爵的高位和荣耀的地步,在他看来,好像是荒唐到登峰造极了。

大家畏惧的休吾爵士把他的马转过头去，他赶着马飞跑出去的时候，那道活人的墙就沉默地分开，让他过去，然后又同样沉默地合拢来了。大家就是这样沉默地围着；谁也不敢大胆地说句话对犯人表示好感，或是称赞他；但是这倒没有关系，只要没有人骂他，已经就是表示十足的敬意了。有一个后来的人不明白当时的情况，对这个"骗子手"说了一句嘲笑的话，并且还预备把一只死猫向他扔过去，可是他马上就被在场的人不声不响地打倒，踢了出去，然后深沉的寂静又恢复优势了。

第二十九章　到伦敦去

亨顿受完枷刑之后，就被释放了，执行官命令他离开这带地方，永远不许再回来。他的剑归还了他，骡子和毛驴也归还了他。他骑上骡子走了，国王跟在后面，人群肃然起敬地分开，让他们过去，他们走了之后，大家就分散了。

亨顿不久就陷入沉思。他心里必须解答一些意义重大的问题。他怎么办呢？上哪儿去呢？他必须到什么地方去取得有力的援助才行，否则他就只好放弃他的继承权，而且还要背着一个骗子手的罪名。他到什么地方去才能希望得到这种有力的援助呢？什么地方啊，真是！这实在是个难题。后来他心里忽然起了一个念头，那好像是有点希望的想法——当然是微弱的希望中最微弱的希望，不过还是值得考虑，因为此外根本就没有任何稍有希望的办法。他记得安德鲁老头儿谈到过那年轻的国王如何善良，还说他对那些受了冤屈和遭遇不幸的人给予慷慨的保障。何不去设法找他谈一谈，请求他申冤呢？啊，不错，但是像他这么一个怪模怪样的穷光蛋能有机会到庄严的国王面前呢？不要紧——这件事情且听其自然吧；反正这座桥是非等走到跟前的时候无须过去的。他是从军的老手，曾经常常发明一些临机应变的奇方妙计；不消说，他是能够想出办法来的。对了，他还是上京城去吧。也许他父亲的老朋友汉弗莱·马洛爵士会帮他的忙——"好心的老汉弗莱爵士，前王的御厨或是御厩什么的总管。"——迈尔斯记不起他的头衔究竟是什么了。现在他既然有了一个努力的方向，有了一个清清楚楚的追求目标，原来笼罩在他心灵上的羞辱和沮丧的暗影就烟消云散、随风飘去了，于是他就抬起头来，向四周张望一下。他惊讶地发觉自己已经走了很远；那村镇早已被他甩在后面了。国王低着头在他后面慢慢地跟着走；因为他也有他的心事，正在沉思。亨顿心头刚刚产生的愉快情绪又蒙上了一层焦虑的云雾：这孩子在他过去短暂的生活中，在那大城市里除了遭到虐待和恼人的穷困而外，什么也没有享受过，现在他是否情愿再到那儿去呢？但是这个问题非问清楚不可；这是无法避免的；所以亨顿就勒住缰绳，大声问道：

"我忘记问问我们究竟上哪儿去。听您的命令吧，皇上。"

"到伦敦去！"

亨顿又继续往前走，他对这个回答非常满意——但是也很觉得惊奇。

他们一直走到京城，路上并没有遭遇什么重大的事情。但是最后却遭到了一件。大约在二月十九日晚上十点钟左右，他们在万头攒动、熙熙攘攘、狂呼乱吼的人众中踏上了伦敦桥，那些人都喝够了啤酒，他们那些醉醺醺的面孔在那五花八门的无数火把的闪光照耀之下，都显得特别清楚。

这时候亨顿和国王被那喧嚣拥挤的人潮冲散了，谁也找不着谁。那么，我们暂时就不谈他们吧。

 第三十章　汤姆的进步

真正的国王穿着寒碜的衣服，吃着粗糙的饮食，一时被游民们殴打，受他们奚落，一时又跟盗贼和凶手们一同坐牢，大家都毫无偏见地把他叫作白痴和骗子；当他这样在各地流浪的时候，假王汤姆·康第却享受着一种完全不同的生活。

上次我们和他分手的时候，帝王生活对他还刚刚开始有了光明的一面。这个光明的一面每天都越来越放出光彩；没过多久，就几乎成了一片阳光普照和无限欣喜的气象。他的恐惧消失了；焦虑也渐渐无影无踪了；他的窘态也离开了他，换了一副自然而大胆的风度。他把那代鞭童当作一个矿山来开采，所得的好处越来越大了。

他想要玩耍或是谈话的时候，就吩咐伊丽莎白公主和洁恩·格雷公主到他面前来，他和她们玩够了的时候，就打发她们出去，他那神气就像是向来习惯于这一套似的。

这些高贵的人物临别时亲吻他的手,也不再使他慌张了。

他渐渐喜欢在晚间派头十足地被人引着去睡觉,早晨穿衣打扮经过烦琐而庄重的仪式。他由一长串衣着华丽、光彩夺目的大官和卫士服侍着,堂堂皇皇地走去用餐,已经成为一种很得意的痛快事情了;他因为过于欣赏这种排场,竟至把卫士增加了一倍,加成了一百人。他喜欢听见号角顺着长廊吹响的声音和远处响应的"给皇上让路!"的呼声。

他甚至还学会了对坐朝很感兴趣,故意装作自己并不单只是摄政王的传声筒。他喜欢接见各国大使和他们的盛装的随从,倾听他们从那些称他为"兄弟"的有名的国王

那里带来的亲切问候。啊，垃圾大院出身的汤姆·康第多么快乐！

他很欣赏他那些华丽的衣服，并且还添置了一些；他觉得他那四百个仆人还不够配合他的威风，又把他们增加了两倍。那些毕恭毕敬的宫臣的阿谀之词渐渐成了他的悦耳的音乐。他始终是仁慈而宽厚的，对于一切被压迫的人，他始终是一个坚决的保卫者，他对那些不公平的法律进行不倦的斗争；但是在某些场合，他要是被触怒了，就会很严厉地对待一个伯爵，甚至对公爵也不客气，他把人家瞪一眼，就能使他发抖。

难道汤姆·康第从来就不惦念那可怜的真正的小王子，完全忘记了他那么和善地对待他，满腔热忱地飞跑出去，替他向皇宫大门口那无礼的卫士报复的情景吗？不；在他初过帝王生活的那些日子，他日日夜夜都随时随地很伤心地怀念着那失踪的王子，诚恳地渴望他回来，恢复他原有的权力和荣华。但是后来日子过得久了，王子并没有回来，汤姆心里就越来越沉醉于他那迷人的新生活，失踪的王子就渐渐在他脑子里几乎无影无踪了；直到最后，即令那不幸的王子偶尔闯入他的记忆里，也就成了一个不受欢迎的幽灵，因为他使汤姆觉得有罪，感到惭愧。

汤姆那可怜的母亲和姐姐也经过同样的历程，从他心里跑出去了。起初他很伤心地惦念她们，为她们而悲痛，渴望着和她们相见；但是后来他一想起她们不知在哪一天穿着满身又破又脏的衣服来找他，和他亲吻，以致拆穿他的西洋镜，把他从那高贵的地位上拉下来，拖回去过那极度穷苦和卑贱的日子，再到贫民窟里去住——他一想起这些，就不禁浑身打冷战。最后她们几乎完全不再打搅他的心思了。于是他就觉得很满足，甚至还很欢喜；因为现在每逢她们那几副愁苦和怨望的面孔在他脑子里出现的时候，就使他觉得比蠕动的蛆虫还更加可鄙了。

二月十九日午夜时分，汤姆在皇宫里躺在他那阔气的床铺上，正在进入睡乡，他身边有那些忠心的仆役卫护着，还有一切帝王的讲究排场，真是个幸福的孩子；因为明天就是预定给他举行庄严的加冕礼、使他当英国国王的日子。在这同一时刻，真正的国王爱德华却又饿又渴，浑身油泥，衣服拖得很脏，又因长途旅行而疲劳不堪，身上穿着撕成了碎片的破衣服——这是他在那一场骚乱中的收获——他挤在一群看热闹的人当中站着，那些人正在兴致很浓地望着一队一队奔忙的工人从威斯敏斯特大教堂川流不息地跑进跑出，忙得像蚂蚁似的；他们正在为国王的加冕礼进行最后的准备工作哩。

 第三十一章　新王出巡受贺

汤姆·康第第二天早晨醒来的时候，空中到处有一片震耳的人声；远近四方都充满了这种声音。这在他听来，就像音乐一般；因为这是表示英国全国臣民都在兴高采烈地对这个盛大的日子表示忠诚的欢迎。

不久汤姆就在泰晤士河上又一次成了一个辉煌的御艇出巡的主要角色；因为按照自古以来的习惯，穿过伦敦城的"出巡受贺"的行列必须从伦敦塔出发，现在他就是到那儿去。

汤姆·康第穿着华丽的盛装，骑着一匹雄赳赳的战马，马身上的讲究装饰几乎垂到地下；他的"舅父"摄政王桑莫赛也骑着一匹类似的马，跟在他后面；国王的卫队披着晃亮的盔甲，在他两旁排成单行；摄政王后面跟着一长串好像是无穷无尽的光彩夺目的贵族行列，都有他们的奴仆随侍着；跟在他们后面来的是市长和市参议员的队

伍，都穿着天鹅绒的大红袍，胸前挂着金链子；他们后面是伦敦各业行会的职员和会员，也都穿得很讲究，举着各个行会的鲜艳旗帜。此外，在这个游行队伍中，还有那古老的名誉炮兵连，算是穿过城区时的特种仪仗队——这个部队当时已经有三百年的历史了，它是英国唯一享有特权、不受国会命令支配的队伍（这种特权它现在还享受着）。这个出巡的行列是个壮丽的场面，它威风凛凛地从那万头攒动的人群中走过的时候，沿途一直都受到欢呼和祝贺。史官的记载说，"国王入城时，民众夹道欢迎，都向他祝福，致欢迎词，或是向他欢呼，说些亲切的话，还有各种证明百姓热爱君主的表示；国王满面喜色，抬起头来向远处的市民微笑示意，并对身边的观众说些非常亲切的话，这就是表示他接受百姓的敬爱，心中非常高兴，正如百姓乐于向他表示敬爱一样。有些人说，'愿上帝保佑陛下'，他就回答说，'愿上帝保佑你们大家！'接着还说一声'诚心诚意地感谢你们'。百姓听到他们的国王这种仁爱的回答，看见他那亲切的表情，都感到万分欢喜。"

民众发出一阵欢呼，汤姆·康第向四处注视着那波涛汹涌的大海似的一片热切的面孔，心中就充满了狂喜的情绪；他觉得人生最有意义的事情莫过于当国王，做全国崇拜的偶像。随后他就一眼望见远处有他两个垃圾大院的玩伴，都穿得破破烂烂——其中有一个是他当初那个模仿的朝廷里的海军大臣，另一个是同一幻想中的御寝大臣；于是他那得意的心情就更加高涨了。

人群中时而发出一阵喊声，"给赏钱呀！给赏钱呀！"汤姆就响应这种要求，向周围撒出一把晃亮的新钱币去，让大家抢夺。

盛大的游行继续前进又前进，从一座又一座的庆祝牌坊底下走过；道旁还陈列着连续不断的许多壮观的、含有象征意味的连环画，使人看了眼花缭乱；这些连环画每一套都代表这位小国王的某种品德、才能或特长，含有表扬的意思。在契普赛街上，从头到尾，家家户户都在屋檐下和窗户里挂着旗子和飘带；最讲究的绒毡、毛料和金丝缎垂在街道两旁作为装饰——这都是那些商店里面的大量财富的样品；这条大街的豪华景象，别的街道也赶上了，有的甚至还超过了。

"原来这许多珍奇宝贵的东西都是摆出来欢迎我的——欢迎我的呀！"汤姆·康第喃喃地说。

这个假国王脸上因兴奋而发红，眼睛里发出闪光，神经陶醉在愉快的情绪中，有一种飘飘荡荡的感觉。这时候，他正待举起手来，再抛出一把赏钱，恰好一眼瞥见一副苍白而吃惊的面孔，从人群的第二排里拼命伸出来，把她那双专注的眼睛盯住他。一阵极不愉快的惊慌失措的感

觉侵袭他的全身；他认出了他的母亲！于是他立刻就把手往上一举，掌心向外，遮住眼睛——这是他老早就有的一种不由自主的动作，本来是由一件早已忘记的事情引起的，后来就习惯成自然了。一转眼的工夫，她已经从人丛中挤出来，冲过卫士的警戒线，跑到他身边了。她抱着他的腿，在它上面到处亲吻，一面还大声喊道："啊，我的孩子，我的心肝宝贝！"她抬头望着他，脸上因欢喜和慈爱而改变神色了。国王的卫队里有一个军官马上就大骂一声，把她揪住，用他那强壮的胳臂猛推了一下，把她推得一摇一摆地滚回原处去了。这件惨事发生的时候，汤姆·康第嘴里正在说："我不认识你呀，你这个女人！"但是他看见她受到这种侮辱，良心上非常难受；后来人群把她吞没起来，使她看不见他的时候，她转过头来望了他最后一眼，看她那样子，似乎是非常委屈、非常伤心，因此他突然感到一阵耻辱，把他的得意情绪完全化成了灰烬，他那盗窃而来的国王的威风也烟消云散了。他的荣华一下子变得一钱不值，好像一些碎布片似的从他身上脱落下去了。

出巡的行列继续前进再前进，经过的地方越来越华丽，民众的欢呼也越来越响亮；但是这一切对于汤姆·康第却毫无作用，好像根本没有这回事一般。他什么也没有看见，什么也没有听见。国王的身份已经失去了光彩，失去了甜蜜的滋味；那些威风凛凛的排场已经成了一种羞辱。悔恨正在啮着他的良心。他说："但愿上帝让我摆脱这种束缚吧！"

他不知不觉地恢复了他最初被迫做了国王的那些日子里说话的语调。

辉煌的出巡行列继续前进，像一条光辉灿烂的无穷无尽的长蛇似的，穿过这座古雅的城市里那些弯弯曲曲的街巷，从那些欢呼的人群中走过；但是国王始终骑在马上低着头，眼睛也无精打采，他只看见他的母亲的脸和她脸上那副委屈的神色。

"给赏钱呀！给赏钱呀！"这种喊声钻进了一双失去听觉的耳朵里。

"大英皇上爱德华万岁！"这种呼声好像是把大地都震动了；但是国王仍然没有反应。他听到这种呼声，也不过是像听见远处随风飘来的波涛声一样，因为它被另一种更近的声音所压倒了——那是他自己胸膛中那颗兴师问罪的良心所发出来的声音，这个声音老是重复那一句可耻的话，"我不认识你呀，你这个女人！"

这句话刺痛着国王的心，正如一个用阴谋诡计害死了自己的朋友的人听到死者的丧钟的时候，良心上受到谴责一般。

每到一处，都有新的壮丽场面展现出来；新的奇观和新的惊人情景在眼前迸发；憋了很久的欢呼像放炮似的爆发出来；等待着的群众从他们嗓子里倾泻出新的狂喜；但是国王毫无表示，他所听见的只有他那不安的胸膛里不断呻吟的那个谴责的声音。

后来群众脸上的喜色稍微起了一点变化，换上了几分关切的表情；喝彩的声音也显而易见地减少了。摄政王很快就注意到这种情况；他也很快就找出了原因。他赶着马跑到国王身边，在鞍子上深深鞠躬致敬，一面说：

"皇上，现在是不宜于幻想的。老百姓看见您低着头，郁郁不乐，就把这当成不好的预兆哩。请您听我的劝告吧；皇上的御颜要像太阳那样发出光来，照耀这种不祥之气，把它驱散。请您抬起头来，向百姓微笑吧。"

公爵一面这么说，一面向左右撒出一把钱币，然后退回原位。假国王机械地依照公爵的吩咐行事。他的微笑是没有感情成分的，但是大家的眼睛都离得远，并且也不仔细看，所以很少人看出了破绽。他向百姓答礼的时候，他那戴着翎毛的头一点一点，显得非常文雅而慈祥；他手里撒出去的赏钱相当慷慨，很适合国王的身份；于是群众的焦虑就消失了，大家的欢呼声又像原先那样响亮地爆发起来了。

但是临到出巡将近结束的时候，公爵不得不再一次骑上前去，提醒国王。他低声说：

"啊，敬畏的皇上！请您甩掉这种扫兴的神气吧；全世界的眼睛都在望着您哪。"然后他又极为烦躁地接着说了一句,"那个疯子叫花婆真该死!就是她搅扰了皇上的心情。"

那漂亮的角色把一双无精打采的眼睛转过去望着公爵,用一种死气沉沉的声调说:

"她本是我的母亲呀!"

"我的天哪!"摄政王一面拉着缰绳把他的马退回原位,一面呻吟着说,"那个预兆果然是灵验。他又发疯了!"

第三十二章 加冕大典

我们现在且倒退几小时,在这值得纪念的加冕大典的日子清早四点钟到威斯敏斯特大教堂去看看吧。我们并不是没有伴侣;因为那时候虽然还是夜里,我们却已经看见那些点着火把的看台上挤满了人,他们都情愿在那儿规规矩矩地坐着,等待七八个钟头,一直等到他们可以看到国王加冕的时候——这个大典也许是他们终身难得指望再看到的。是呀,自从清早三点钟预告的炮声响过之后,伦敦和威斯敏斯特就忙乱起来了,那时候已经有一群一群的没有官爵的阔人涌进那些专为他们保留下来的看台的入口,这些阔人是早就花钱活动好了,可以到看台上去设法找座位的。

时间慢慢地熬过,相当沉闷。骚动已经停止了一些时候,因为每个看台早就挤满了。现在我们可以坐下来,逍遥自在地看一看,想一想。我们到处可以透过那教堂里暗淡的微光瞥见许多看台和楼厢的一部分，每个都挤满了人，这些看台和楼厅的其他部分被隔在当中的柱子和建筑上的突出部分遮住了视线。我们看得见北边的大袖廊的全部，空着等英国的特权人物来坐。另外还看得见那宽大的教坛，铺着讲究材料的地毯，国王的宝座就摆在那上面。宝座占据着教坛的正当中，有一个四级的台子把它垫高了一些。宝座里放着一块粗糙的扁石头——这就是斯康的天命石①，从前有许多世代的苏格兰王坐在那上面加冕，所以后来终于成了一块神圣的石头，给英国国王作同一用途也很够资格了。宝座和它的踏脚镫上都蒙着金丝缎。

　　大教堂里寂静无声，火把闷沉沉地闪烁着，时间慢得难受地熬过去。但是姗姗来迟的晨光终于露面了，于是大家就熄掉火把，柔和的阳光把教堂里各处宽大的空间都照遍了。这座雄伟的建筑的全部轮廓现在都看得清楚了，但是还有些缥缈如梦的气氛，因为太阳是被薄云微微遮住了的。

　　七点钟的时候，那呆滞的单调气氛第一次被打破了；因为时钟一打七点，头一个贵族夫人就走进了大袖廊，她的服装若以华丽而论，简直像所罗门王穿的一样；有一位

---

① 斯康是苏格兰的一个城市，那里有一块"天命石"，从前苏格兰的国王都坐在上面举行加冕礼，现在这块石头早已移置威斯敏斯特大教堂里。

穿着缎子和天鹅绒衣服的官员把她引到她的专席上，同时另外有一位像他一样的官员提起这位贵妇的长裙在她背后跟着，等她坐下之后，就替她把这条衣裾叠在她膝上。然后他又依照她的意旨把她的踏脚镫放好，再把她的花冠放在最适当的地方，好让她到了贵族们一齐复冠的时候，顺手就可以拿到。

这时候贵族妇女们像一道金光闪闪的流水似的源源而来，许多穿缎子衣服的官员们到处来来往往，放着光彩，照顾她们入座，把她们伺候得舒舒服服。现在的场面是相当热闹了。处处都有活动和生气，处处都有动荡的色彩。过了一会，又是满场寂静了；因为贵族妇女们通通来到，各自就座了——这是一大片人的花朵，五光十色，非常耀眼，她们满身的钻石连成一片，活像天上的银河。这里有各种年龄的人：有肤色棕黄、皱纹满面的白发贵族寡妇，她们可以一代一代地往上回溯，还记得起理查三世加冕的光景和那早已被人忘却的年代里那些骚乱的日子；另外还有一些漂亮的中年妇女；还有一些可爱的、娴雅的年轻贵妇；还有一些温柔美丽的年轻姑娘，她们的眼睛喜气洋洋，面容爽朗，到了举行大典的时候，她们也许会把镶着宝石的花冠戴成古怪的样子；因为这种事情对她们还是生疏的，她们的兴奋不免使她们的举动很不自然。但是也许不会这样，因为这些少女们梳头的时候、都曾经特别注意把头发梳成适当的样式，以便号声一响，很快就可以把花冠恰到好处地戴在头上。

我们已经看到这些成排坐在一起的一大片贵族妇女都是满身钻石，还看到这是一个了不起的场面——但是现在我们才当真要感到惊奇了。大约在九点钟，天上的云忽然散开，一道阳光划破那柔和的天空，慢慢地顺着那一排一排的女宾照射过来；凡是它射到的，每一排都像火焰似的，放出多种颜色的耀眼的光彩，于是我们就好像浑身触了电似的，直到指尖都因这个场面所引起的惊奇和美丽的感觉而隐隐地震动起来！随后有一个来自东方某一偏远地方的特使和全体外国大使们一同前进，走过这道阳光，他周身放射出来的、一闪一闪的光彩简直是使人眼花缭乱，以致我们惊讶得连气都透不过来；因为他从头顶到脚跟都戴满了宝石，他稍微动一下都要向四面八方洒出一片跳跃的光彩。

闲话少叙，言归正传。时间不知不觉地过去了——一个钟头——两个钟头——两个半钟头；然后深沉的隆隆炮声报告国王和他那堂皇的行列终于来到了；于是等待的人们都很欢喜。大家都知道随后还有一阵耽搁，因为国王还要经过一番打扮，穿好礼袍来参加这个隆重的典礼；但是这一段拖延的时间是不会寂寞的，全国的贵族穿着派头十足的礼袍，就在这时候入场。官员们把他们按照礼节引到座位上，还把他们的冠冕放在身边顺手的地方；同时看台上那许多人都兴致勃勃，因为他们大多数都是第一次看到一些公爵、伯爵和男爵，这些头衔已经流传五百年了。后来这些贵族通通坐定了之后，看台上和一切有利地位就可以把他们看得清清楚楚；这个豪华的场面实在是很好看，而且是令人难忘的。

这时候那几位穿着法衣、戴着法冠的教会首领和他们的随从按顺序走上教坛，坐上各自的座位；他们后面跟着摄政王和他的大臣，再后面还来了一队钢盔钢甲的皇家卫队。

又等了一段时间；然后随着一声号角，就突然响起了一阵喜气洋洋的奏乐声，于是汤姆·康第穿着一件金丝缎的长袍在门口出现，走上了教坛。全体在场的人都站起来，随即就举行了承认国王的仪式。

然后一首庄严的赞美歌发出洪亮的声浪，扫过大教堂全场；汤姆·康第就在这阵歌声的先导和欢迎之下，被引到宝座上去了。古老的仪式进行着，那种庄严的气氛给人很深的印象，观众都定睛注视着；仪式越来越接近结束的时候，汤姆·康第脸色渐渐发白，而且越来越白得厉害，一阵不断地逐渐加深的苦恼和沮丧的情绪笼罩着他的心灵，笼罩着他那懊悔不安的良心。

后来终于临到最后一项仪式了。坎特伯利大主教把英国的王冠从垫子上捧起来，举在那发抖的假国王头上。同时在一瞬之间，宽大的袖廊上闪出了一片彩虹似的光辉；因为那贵族群中每个人都动作整齐地举起了一顶冠冕，在各自的头上举着——大家都保持着这种姿势不动了。

深沉的寂静遍布了整个大教堂。正在这令人难忘的时刻，一个惊人的鬼影闯入场内来了——这个鬼影在全场聚精会神的人们当中，谁也没有发现，直到后来，它突然出现了，顺着中间那条大过道往前走。那是个男孩子，光着头，鞋袜都不像样子，身上穿着一套到处破成了布片的粗布平民衣服。他庄严地举起手来，那种神气与他那副满身油污的可怜相是很不相称的，同时他发出了一声警告：

"我不许你们把英国的王冠戴在那个假冒的国王头上。我才是国王！"

立刻就有几个愤怒的人伸手抓住这个孩子；但在同一转瞬之间，汤姆·康第穿着他那一身帝王的服装，迅速地向前走了一步，用响亮的声音喊道：

"快放了他，不许乱动！他的确是国王！"

一阵惊慌失措的表情扫遍全场，有一部分人从座位上站起来，用惶惑的神色瞪着眼睛互相望着，再望一望这一场戏里面的两个主角，他们的神情好像那些恍恍惚惚的人，简直不知道自己究竟是清醒的，还是睡着觉在做梦哩。摄政王也和别人一样吃惊，但是他很快就恢复了镇

静,用一种有权威的声调喊道:

"不要听皇上的话吧,他的毛病又发作了;把那野孩子抓起来!"

有人正要听从他的命令,但是假国王跺着脚大声喝道:

"抗命者死!不许动他,他是国王!"

伸出去的手又缩了回去;全场都吓成瘫痪了;谁也不动,谁也不说话;事实上,逢着这种稀奇而惊人的紧张场面,谁也不知道该怎么办,或是说什么话才好。大家心里正在极力恢复正常的时候,那孩子沉着地继续往前走,他表现出高贵的风度和自信的神态;他从头起就没有踌躇过;大家心里乱成一团,还在无可奈何地胡思乱想的时候,他却走上了教坛,假国王就满脸喜色地跑过去迎接他,在他面前跪下来说:

"啊,皇上陛下,让可怜的汤姆·康第首先向您宣誓效忠吧,让我向您说,'请您戴上王冠,恢复王位吧!'"

摄政王的眼睛严厉地盯着这新来的孩子的脸;但是他的严厉的神色马上就消失了,换上了一副惊奇的表情。其他的大官也发生了这种现象。他们互相望了一眼,由于一种共同的、不知不觉的冲动,后退了一步。每个人心里都起了同样的念头:

"这么相像真是奇怪啊!"

摄政王不知如何是好地沉思了一两分钟,然后以严肃的尊敬态度说:

"请您恕我冒昧,我想问您几个问题,都是……"

"我可以回答,公爵。"

公爵就问了许多问题,有关于朝廷的,有关于前王的,有关于王子和公主们的。这孩子都回答得很正确,而且毫不迟疑。他把宫里那些举行朝见的房子、前王所住的房间和太子的房间都描述了一番。

真是奇怪;真是神妙;是呀,这未免太不可思议了——凡是听见了的人都是这么说。形势开始转变了,汤姆·康第的希望也就随着高涨起来,但是摄政王却摇摇头说:

"这固然是非常神奇——可是这些事究竟没有什么了

不起，国王陛下也能说得清楚的。"汤姆·康第一听这句话，并且听见自己还是被称为国王，心里就很发愁，他觉得他的希望垮台了。"这都不能算是证明。"摄政王又添了这么一句。

　　现在潮流又在迅速地转向，实在是快得很——但是转变的方向错了，这阵退潮把可怜的汤姆·康第搁浅在宝座上，把另外那个孩子要冲下大海去。摄政王沉思了一会儿——他摇摇头——后来他不由自主地想道，"如果老让这么一个不幸的谜解不开，那就对于国家很有危险，对我们大家都有危险；结果可能使国家分裂，使王位颠覆。"于是他转过身去说：

　　"汤玛斯爵士，逮住这个……不，住手！"他脸上露出了喜色，随即他就对这个衣衫褴褛的候补国王提出这么一个问题：

　　"国玺在什么地方？只要能把这个问题回答得对，就可以解开这个谜了；因为只有太子才能回答得对。宝座和王朝的命运就要以这件小事情为转移！"

　　这倒是个幸运的主意，巧妙的主意。大臣们在他们那个圈子里互相望一望，大家眼睛里都流露出赞成的神色，表示无声的喝彩，这就足见他们的看法都是那样。是的，除了真正的王子，谁也不能解开国玺失踪这个难解的谜——这个倒霉的小骗子是有人教过他不少的事情，可是遇到这个难关，他那一套就不灵了，因为连教他的人自己也不能回答这个问题——啊，妙极了，真是妙极了：现在我们很快就可以把这个麻烦和危险的问题解决了！于是大家就隐隐约约地点点头，心里都很满意地微笑着，他们指望看到这个糊涂的孩子会露出张皇失措的犯罪的神色，吓得不知如何是好。但是他们所看到的却完全不是这么回事，这真使他们大为吃惊——他们听见他立刻就用自信的、从从容容的声音回答，都觉得非常惊奇。他说：

"这个谜根本没有什么难解。"然后他对谁也不说一声客气话，就转过脸去发出一个命令，他那自自然然的态度表示他是个惯于对人下命令的人："圣约翰勋爵，你进宫去到我的房间里——因为别人对那个地方都不如你清楚——在靠近地板的地方，离那扇通着前厅的门最远的左边那个角落里，你在墙上会找到一个黄铜的钉头形的装饰；你按它一下，就会有一个小宝石箱敞开，这是连你都不知道的——不但是你，除了我自己和替我设计的那个可靠的工匠而外，世界上再没有谁知道。你第一眼看到的就是国玺——把它拿到这里来。"

在场的人一听这些话，都觉得惊奇，尤其是看见这个小叫花子毫不迟疑地指出这位贵族来，一点也不怕弄错，并且还很自然地直呼他的名字，令人信服地显出他是一辈子就认识他的神气，大家就更加觉得惊奇了。这个突如其来的命令，几乎吓得这位贵族要服从了。他甚至动了一下，好像是要走的样子，但是他赶快恢复了镇定的态度，脸上红了一下，表示承认自己的错误。汤姆•康第转过脸来向他严厉地说：

"你为什么还要迟疑？难道没有听见皇上的命令吗？快去！"

圣约翰勋爵深深地行了一个鞠躬——大家看出了他这个鞠躬是特别小心而含糊的，因为他不是向这两个国王之中任何一个行礼，而是对着两者之间那块中立地带行的——然后他就告别了。

现在那一群华丽的大官里面的组成分子开始移动起来，动得很慢，几乎看不出，但是继续不断地在动——好像是我们在一个慢慢转动的万花筒里所看到的情形一样，那里面一个艳丽的花团的组成分子散开，与另一个花团结合起来——在目前这个场面中，这种移动就使汤姆•康第周围站着的那一群光彩夺目的角色解了体，又在那个新来的孩子附近聚拢了。汤姆•康第几乎是独自站着。随后是一阵短时间的惴惴不安和焦心等待——在这段时间里，连那留在汤姆•康第身边的少数胆小的人也渐渐鼓足了勇气，一个一个地溜到多数那边去了。于是汤姆•康第穿着他那帝王的礼袍，戴着满身钻石，终于完全孤单地站着，与整个世界隔绝了，现在他成了个孤家寡人，占着一大片意味深长的空间。

现在大家看见圣约翰勋爵回来了。他顺着当中的过道往前走的时候，大家的兴趣非常浓厚，因此广大的会众当中的低声谈话停息了，随后是一阵深沉的寂静，大家静得连气都不敢出，在这种气氛中，他的脚步轻轻地发出一阵沉闷的、遥远的声响。他一面往前走，每个人的眼睛都盯着他。他走到教坛上，踌躇了一会儿，然后向汤姆·康第走过去，对他行了个深深的鞠躬，说：

"皇上，国玺不在那里！"

那一群吓得脸色惨白的大臣马上就从那个要求王位的肮脏孩子身边连忙散开，即令是躲开一个害瘟疫的病人，也不能比这更快了。片刻之间，他就独自站着，谁也不跟他接近，谁也不支持他了，于是他就成了大家的轻视和愤怒的眼光集中火力射击的目标。摄政王凶恶地喊道：

"把这个叫花子撵到街上去，拿鞭子打着他游街吧——这个小流氓不值得我们再理会了！"

卫队的军官急忙往前去执行命令，但是汤姆·康第挥手把他们挡开，一面说：

"回去！谁敢动他，就要犯死刑！"

摄政王狼狈到了极点。他对圣约翰勋爵说：

"你仔细找过了吗？——不过问这个毫无好处。这似乎是太奇怪了。无关重要的小东西是可能失踪的，谁也不会因此吃惊；但是像英国的国玺这么个大东西怎么会不见了，还没有谁能找得出一点线索呢？——那么大个金子的圆饼子……"

汤姆·康第眼睛里闪出光来，他连忙走上前去，大声嚷道：

"行了，这就够了！是圆的吗？——很厚吗？——是不是上面刻着字和花纹？——对吗？啊，现在我才知道，你们那么急得要命、大惊小怪地要找的这个国玺，原来是这么个东西呀！要是你们早给我说明了是个什么样子，那你们在三个礼拜以前就找到了。我清清楚楚地知道它在什么地方；不过并不是我把它放在那里——起先不是我放的。"

"那么是谁放的，皇上？"摄政王问道。

"就是那边站着的人——英国的合法国王。让他自己告诉你们放在什么地方吧——那么你们就会相信他是本来就知道的。您想一想吧，皇上——动动脑筋吧——那天您穿着我那身破衣服，从皇宫里冲出去，要处罚那个侮辱我的卫兵，临走之前干的最后一件事情就是收起国玺，那是您最后干的事情呀。"

随后是一阵沉寂，没有任何动作或是声音来打搅，所有的人都把眼睛注视着那个新来的孩子；他垂着头、皱着眉头站着，从他的脑子里乱七八糟的一大堆毫无价值的回忆中追寻一件小小的、不可捉摸的事情，这件事要是记清楚了，就可以使他登王位——如果想不起来，他就只好永远是现在这样——当个叫花子和流浪儿。时间一会又一会地过去了——慢慢熬过了好几分钟——但是这孩子始终不声不响地拼命在想，毫无表示。最后他叹了一口气，慢慢地摆摆头，用颤抖的嘴唇和沮丧的声音说：

"我回想了当初的情形——通通想过了——可是始终想不起国玺的事。"他停了一会儿，然后抬起头来望着，用温和而尊严的态度说："各位大臣和侍从，你们如果为了你们的合法的国王提不出这个证据来，就剥夺他的继承权，我也许不能阻挡你们，因为我毫无权力。但是……"

"啊，皇上，这太傻了，简直是发疯！"汤姆·康第惊慌地说，"等一等！——再想想！不要放弃！——这事情还没有失败！并且也决不许让它失败呀！您听我说吧——每个字都听清楚——我要把那天早晨的事情说一遍，每样事情都照当初的经过说。我们谈了一阵话——我给您谈到我的姐姐南恩和白特——啊，对了，您还记得；我又谈到我那老奶奶——还谈到垃圾大院的孩子们玩的那些粗野的游戏——对了，这些事情您也都记得；好极了，再听我说下去吧，您什么都会想得起来的。您给了我吃的和喝的，还大开王子的恩典，把仆人打发出来，免得我那低微的出身在他们面前出丑——啊，对了，这个您也记得。"

汤姆把当初的详细情形一样样说出来对证，另外那个孩子点头表示同意的时候，在场的广大听众和那些大官都莫名其妙地瞪着眼睛望着他们；这些话听起来好像是真有其事，可是一个王子和一个乞丐居然会凑到一起；这种不可能的事情究竟是怎么发生的呢？现在这么些人在一处，弄得这样莫名其妙，这样感兴趣，这样目瞪口呆，真是从来没有见过的事情。

"王子，我们为了好玩，彼此换了衣服。然后我们在一面大镜子前面站着；我们俩长得一模一样，所以我们都说好像是没有换过衣服似的——对，您还记得这个。后来您发现那个卫兵扭伤了我的手——瞧！就在这儿，我现在还不能写字哪，手指头老弯不过来。殿下一看见这个，马上就跳起来，发誓要向那个卫兵报仇，于是就往门口跑——您走过一张桌子——您叫作国玺的那个东西就放在那张桌子上——您把它一下子拿起来，很着急地东张西望，好像是要找个地方把它藏起来——您一眼看见了……

"得了，这就够了！——多谢上帝！"那要求王位的破烂孩子万分兴奋地喊道。"快去吧，我的圣约翰勋爵——你到墙上挂着的一副米兰盔甲的护臂里就可以找到国玺了！"

"对了，皇上！对了！"汤姆·康第喊道，"现在英国的权标归您了；如果再有谁否认，那就不如叫他生来就是个哑巴！快去吧，圣约翰爵士，让你的腿长上翅膀吧！"

现在全场的人都站起来了，大家都深感不安，非常着急，兴奋得要命，几乎因此神经错乱了。台下和台上都爆发了一阵震耳的、疯狂似的谈话声，一时大家都只听见身边的人向他耳朵里嚷出来的话，或是自己向别人耳朵里嚷出去的话，此外谁也不知道别的什么事情，什么也听不见，什么也不在意。时间在不知不觉之中飞快地过去了——谁也不知道究竟过了多久。后来终于全场鸦雀无声，同时圣约翰走上教坛，手里拿着国玺，高高举起。于是全场就欢呼起来了。

"真正的国王万岁！"

欢呼声和乐器的嘈杂声在空中震动了五分钟，同时一片飞舞的手巾弄得满场像下雪一般：在这阵狂欢中，一个满身破烂的孩子站在那宽大的教坛的中心，他是全英国最引人注目的人物，满脸绯红，喜气洋洋，非常得意，全国的大臣跪在他周围。

然后全体起立，汤姆·康第大声喊道：

"啊，皇上，现在请您收回这身国王的礼袍，把那些破烂衣服还给您的可怜的奴才汤姆吧。"

摄政王高声地说：

"把这个小流氓的衣服剥掉，给他关到塔里去吧。"

但真正的新王说：

"我不赞成这么办。如果不是他帮忙，我就不能恢复王位哩——谁也不许动手，不许伤害他。至于您呢，我的好舅舅，我的摄政王，您这种行为对这个可怜的孩子未免太忘恩负义，因为我听说他已经把您封为公爵了。"——摄政王涨红了脸——"但是他并不是国王；所以您那个漂亮头衔现在有什么价值呢？明天您再请求批准这个爵位吧——要托他替您申请才行——否则您就不算什么公爵，仍旧只是一个伯爵。"

桑莫赛公爵挨了这顿骂，连忙从国王面前退后了一点。国王转过身来向着汤姆，很和蔼地对他说：

"可怜的孩子，国玺藏在什么地方，连我自己都想不起来了，你怎么反而记得呢？"

"啊，皇上，那很容易，因为我把它使了好几天。"

"你使了几天，还说不出它在什么地方吗？"

我不知道他们要的是这个东西呀。他们并没有说明它是个什么样子哩，陛下。"

"那么你使它做什么呢？"

汤姆脸上的血液悄悄地升上来了，他把眼睛朝下看，一声不响。

"大胆说吧，小伙子，不用害怕，"国王说，"你使英国的国玺干什么来着？"

汤姆慌张得可怜,结结巴巴地说了一会,才说出口来:

"使它砸栗子!"

可怜的孩子啊,他这句话引起的一阵山崩似的狂笑几乎把他冲倒在地下了。但是如果还有谁心里有点怀疑,不相信汤姆·康第不是英国国王,认为他熟悉皇家的那些尊严的东西,现在一听他这句回答,就完全把他的怀疑扫清了。

同时那件华丽的礼袍已经从汤姆身上换到国王身上,把他的破衣服完全遮盖住了。然后加冕礼又继续举行;真正的国王接受了涂油的仪式,王冠也戴在他头上了,同时礼炮的轰隆声把这个消息报告给全城,于是整个伦敦城似乎是被欢呼喝彩的声音所震撼了。

第三十三章　爱德华当了国王

在人群拥挤的伦敦桥上,扒手把迈尔斯·亨顿最后剩下的几个钱通通掏光了。

但是不要紧,只要他能找到他那个孩子就行了。他是个军人,所以他并没有乱七八糟地找,而是首先动脑筋,把寻找的计划安排妥当。

这孩子必然会怎么办呢?他必然要到什么地方去呢?嗯——迈尔斯推想着——他当然会回到他的老窝去,因为那是神经不健全的人的本能,这种人到了无家可归和没人理睬的时候,一定是回老窝,也跟神经健全的人一样。可是他的老窝在什么地方呢?从他那一身破衣服,从那个好像是认识他、并且还自称是他父亲的那个下流的坏蛋,都可以看出他家是在伦敦的某一个最穷、最糟的地区。去找他是不是困难,或是要很久呢?不,大概是很容易的,用不着多久就能找到。他不用去找那孩子,只要找成堆的人就行；他迟早一定会找到他那个小朋友，围在一大堆人或是一小堆人当中；这孩子还是会像往常那样，自称是国王，那些肮脏的家伙一定会作弄他，惹他生气，借此拿他开心。然后迈尔斯·亨顿就要把这些人打伤几个，再把这个受他保护的孩子抱走，对他说些亲密的话来安慰他，使他高兴，他们俩从此以后就再也不分离了。

于是迈尔斯就动身去寻找。他在那些偏僻的巷子和肮脏的街道上钻进钻出，寻找成群成堆的人，找了一个钟头又一个钟头，结果他找到无数处成堆的人，可是始终没有那孩子的踪影。这使他大为惊奇，但是并没有使他丧气。在他看来，他的寻找的计划并没有什么不对；唯一估计错误的地方就是寻找的时间大概是要拖长了，而他原来是指望着只需要短时间就行的。

后来终于到了天亮的时候，他已经走了好几英里路，检查过许多处成群的人，但是唯一的结果就是把他累得筋疲力尽，而且又饿又困。

直到中午，他还在到处游荡——这时候是混在那些跟在国王出巡的行列后面的乌七八糟的人当中；因为他推断这个堂皇的场面对他那个小疯子的吸引力一定很大。他跟着这个游行行列，穿过伦敦许多迂回的街巷，一直跟到威斯敏斯特宫和大教堂。他混在那些聚集在游行行列附近的群众当中到处游荡了很久，走得很累，心里懊丧而烦乱，后来他终于想着心思离开了人群，打算想个办法，改正他的寻找计划。过了一会儿，他从沉思中清醒过来，才发现城市已经被他甩在后面很远，天色也渐近黄昏了。他离河很近，并且是在乡间；那是讲究的乡村别墅的地区——这种地方对他所穿的那种衣服是不大欢迎的。

天气一点也不冷；于是他就在一道篱笆背风的一面躺在地下来休息休息，想想事情。困倦很快就控制了他的神经；远处微弱的轰隆炮声随风飘到他耳朵里来了，他就自言自语地说，"新王加冕了。"随即他就入了睡乡。在这以前，他已经有三十多个钟头没有睡眠、没有休息了。一直到第二天上午快过了一半的时候，他才醒过来。

他又瘸又僵地爬起来，饿得半死，勉强到河里去洗了洗脸，喝了升把水，顶住饥饿，又很吃力地往威斯敏斯特宫走，一面嘟囔着埋怨自己耽搁了这么大的工夫。饥饿逼着他想出了一个新办法：他要设法找汉弗莱·马洛老爵士谈谈，向他借几个马克①，再⋯⋯可是目前只要打这么个主意就行了；且等这第一步实现了之后，就会有充分的时间来扩大这个计划。

快到十一点钟的时候，他走近了皇宫；虽然他身边有

---

① 这里的"马克"是指中世纪的一种英国钱币，每 1 马克约合 13 个先令，即 2/3 镑。

许多衣冠华丽的人往同一方向走,他却并不见得不引人注意——他那一身服装帮了他的忙。他仔细打量这些人的面孔,希望找到一个好心的人,愿意替他把名字传达给那位老副官——至于他自己进宫去,那是根本不可能的。

随后我们的代鞭童从对面走过他身边,然后又转过身来,仔细打量他那样子,一面想道,"这要不是皇上急于要找到的那个流浪汉,我简直就是个傻瓜——虽然我从前也许是有些傻。他恰好和皇上说的那个人一模一样,丝毫不差——如果上帝造出两个这样的角色,那就未免是一种重复的浪费,使奇迹太不值价了。我很想能找出一个借口,跟他说说话才好哩。"

迈尔斯·亨顿替他省了麻烦;因为他正在这时候回转身来——一个人要是被人从后面拼命盯住,对他施催眠术的时候,他就总是要回转身来;他一看这孩子眼睛里充满了浓厚的兴趣,就向他走上前去,说:

"你刚从宫里出来;你是在宫里当差的吗?"

"是的,老爷。"

"你认识汉弗莱·马洛爵士吗?"

那孩子吃了一惊,他心里想,"天哪!就是我那去世了的老父亲呀!"然后他大声回答说,"很熟哩,老爷。"

"那很好——他在里面吗?"

"在里面，"那孩子说；然后他又接着在心里想道，"在坟墓里面哩。"

"我请你帮个忙，把我的名字给他传进去，说我希望跟他当面说句话，行不行？"

"我很情愿马上替你办这件事情，先生。"

"那么请你告诉他，理查爵士的儿子迈尔斯·亨顿在外面等着——我非常感谢你，小朋友。"

那孩子显得有点失望——"国王不是这样称呼他的，"他心里想——"可是这倒不要紧，这大概是他的双胞弟兄，我相信他一定能给皇上说出另外那个什么爵士的消息来。"于是他对迈尔斯说，"你上那里面去等一会儿，先生，等我去给你带个话来。"

亨顿走进那孩子所指的地方——那是宫墙上一个凹进去的小屋子，里面有一条石头长凳——是天气不好的时候警卫避风雨的地方。他刚刚坐下，就有一个军官领着几个戟兵走过。那军官看见了他，就叫他的士兵站住，命令亨顿出来。他遵命出来了，那军官认为他是个可疑的家伙，偷偷地跑到皇宫附近来干坏事，马上就把他逮捕起来。情形显得很不妙。可怜的迈尔斯正想解释一下，但是那军官很粗暴地不许他说话，随即叫他的士兵解除了他的武装，搜查他身上。

"但愿老天显灵，让他们搜得出一点什么东西来，"

可怜的迈尔斯想道,"我自己搜遍了全身,什么也没有找到,我倒是比他们更需要找出点东西来哩。"

什么也没有找到,只有一封信。军官把它撕开,亨顿认出了他那失踪的小朋友在那遭殃的一天在亨顿第写的那些鬼画胡涂的字,就笑了一笑。但是那军官念了用英文写的一段,脸色就发黑,同时迈尔斯听着他念,却吓得脸色惨白。

"又来了一个要求王位的!"军官喊道,"现在这种人简直像兔子似的繁殖得快哩。弟兄们,抓住这个坏蛋吧,你们千万要把他抓得紧紧的,好让我把这封宝贵的信送到宫里去,交给国王。"

他把犯人让戟兵们抓着,自己赶紧走开了。

"现在我的厄运终归走到头了,"亨顿嘟囔着说,"因为我为了那张信,准会吊在绳子上打秋千。我那可怜的孩子会遭到什么结局啊!——哎,只有仁慈的上帝才知道。"

过了不久,他就看见那个军官又匆匆忙忙地回来了;于是他就鼓起勇气来,准备以大丈夫的气概承当他的灾难。那军官命令士兵们放开犯人,把他的剑还他;然后很恭敬地行了个鞠躬,说:

"大人,请您跟我去吧。"

亨顿跟着他走,心里想道:"我是去接受死刑和天罚的，所以必须少犯点罪才行，否则这个浑蛋故意对我这么恭敬，跟我开玩笑，我非掐死他不可。"

他们两个穿过一个人多的庭院，走到皇宫的大门口，那军官又对亨顿行了个鞠躬，把他交代给一个服装华丽的大官手里，这个大官非常恭敬地接待了他，引着他穿过一个大厅往前走，大厅两旁站着一排一排穿得很漂亮的侍役（这些人在他们两个走过的时候，都恭恭敬敬地行礼，但是等我们这个稻草人似的贵人刚一转背，他们就开始闷声闷气地笑得要命），后来又引着他上了一道很宽的楼梯，在一群一群的体面人物当中走过，最后把他领到一个顶大的房间里，从那些聚集在一起的英国贵族当中替他辟开一条路，然后又鞠了一躬，提醒他脱掉帽子，让他一人站在屋子当中，于是他就成了大家注目的对象，并且还有许多人愤愤不平地对他皱着眉头，许多人很开心、很鄙视地对他微笑。

迈尔斯·亨顿狼狈极了。五步以外坐着那年轻的国王，在一把堂皇的华盖之下，他向旁边低着头，跟一个极乐鸟似的人物说话——那大概是个公爵；亨顿心里想着，正当壮年有为的时候被判死刑，即令不添上这种当众的羞辱，已经就够不幸的了。他希望国王赶快给他定罪——他身边有些服装俗艳的人简直使他恶心起来了。正在这时候，国王微微抬起头来，亨顿就把他的面孔看得清清楚楚。这一下几乎使他惊讶得连气都透不过来了！他站在那儿注视着这个年轻的漂亮面孔，自己好像变成了石头人似的；随即他就突然喊道：

"瞧，大梦和幻想的国王居然登了宝座！"

他嘟囔着说了些不连贯的话，还是瞪着眼睛，非常惊奇；然后他向四周张望，仔细打量那一群华丽的人物和那豪华的大厅，一面低声自言自语地说，"可是这些都是真的——的确是真的——当然不是个梦呀。"

他又向国王注视了一下，心里想，"这究竟是不是个梦呢？……他究竟是不是真正的英国国王，而不是我所认为的疯人院里的无亲无友的穷孩子呢？——谁能给我解开这个谜？"

他忽然灵机一动，想出了一个主意，于是他迈着大步走到墙边，拿起一把椅子搬回来，放在地板上，在那上面坐下了！

一阵愤怒的声音爆发了，有一只粗暴的手按在他身上，同时有一个声音喊道：

"站起来，你这个不懂礼的野人！你怎么竟敢在国王面前坐下？"

这阵纷扰引起了国王陛下的注意，他伸出手去，大声喊道：

"不许动他，他有这种权利！"

众人大吃一惊,退回去了。国王继续说:

"我告诉你们,小姐和夫人们,大臣和侍从们,这是我的亲信的和最亲近的仆人迈尔斯·亨顿,他伸出他那把好剑,救了他的王子,免得他受到伤害,也许还救了他的命——因此国王宣布,封他为爵士。你们还要知道,他立了个更大的功劳,那就是他使国王免了挨鞭子打,免了受羞辱,由他自己代替受了刑罚,因此封他为英国的贵族,肯特伯爵,还要封给他与这个爵位相称的钱财和土地。还有一点——他刚才行使的这种特权也是国王钦准归他享有的;我已经颁布过命令,特许他一家子子孙孙,凡为首的都有权在大英国王面前坐下,世世代代,王位一日存在,这种特权永不取消。不许干涉他。"

有两个人因为耽误了时间,今天早晨才从乡下赶到,现在来到这间屋子里还只有五分钟;他们站着听了这些话,望着国王,又望着那个衣衫褴褛的人,再望着国王,有些惊慌失措的样子。这两个人就是休吾爵士和爱迪思小姐。但是新封的伯爵并没有看见他们。他还在心神恍惚地瞪着眼睛望着国王,嘟囔着自言自语地说:

"啊,我的天哪!这就是我那个小叫花子!这就是我那个小疯子!我还打算让他看看我那所七十间屋子和二十七个仆人的府邸里多么豪华哪!这就是那个一辈子只穿过破衣服,只挨过脚踢,只吃过残汤剩菜,什么舒服日子也没见过的穷孩子呀！这就是我收养过来、要把他弄成个体面人的流浪儿！我真希望上帝给我一只口袋，我好把脑袋套起来！"

然后他忽然想起了礼貌，于是他就跪下来，伸出手去让国王捧着，对他宣誓效忠，并为他受封的土地和爵位谢恩。然后他就站起来，毕恭毕敬地站在旁边，还是个大家注目的对象——而且使人非常羡慕。

这时候国王发现了休吾爵士，于是他眼睛里闪出激动的光，用暴怒的声音说：

"剥掉这个强盗的伪装，取消他强占的产业吧，把他关起来，且等我来找他算账。"

原来的休吾爵士被押走了。

现在这个房间的另一头有一阵骚动；在场的人向两边后退，汤姆·康第穿着一身特别而又讲究的衣服，由一个前导官引着，在这两道人墙当中走过来。他在国王面前跪下，国王说：

"我已经听说了过去这几个礼拜的经过情形，对你很满意。你以正确的帝王的慈爱和仁义之心治理了国家。你又找到了你的母亲和姐姐吗？好，我们一定要照顾她们——至于你的父亲，如果你同意，法律也允许的话，就要给他处绞刑。现在你们所有听见我的话的人都要知道，从今天起，住在基督教养院里享受国王的恩惠的人，除了

要使他们吃饱穿暖而外,还要让他们的心灵得到营养;我要这个孩子到那里去住着,终身担任该院管理人员的头目。因为他当过国王,大家对他应该比对一般人特别恭敬;所以你们要注意他这套特别的服装,因为他就靠这样的服装表示他与别人的区别,谁也不许模仿;以后无论他到什么地方,他这种服装都可以提醒大家,使大家知道他曾经一度当过国王,谁也不许对他免掉应有的尊敬,必须对他敬礼。他有国王保护,他有皇上支持,现在宣布他为'国王的受惠人',从此大家就用这个头衔称呼他。"

得意而快乐的汤姆·康第站起来，吻了吻国王的手，随即就被前导官引着出去了。他一点也没有耽搁时间，赶紧就跑去找他的母亲，把一切情形告诉她和南恩、白特，让她们听到这个好消息，可以助他的兴，大家共同欢乐一番。

 尾声　赏罚分明

全部秘密揭穿的时候，才由休吾·亨顿的招供知道他的妻子那天在亨顿第否认迈尔斯，是出自他的命令——他对她发出了这个命令，同时还非常严厉地威胁她，如果她不否认他是迈尔斯·亨顿，并坚持否认，他就要她的命；她一听这话，就说他尽管要她的命，她并不稀罕——反正她不肯否认迈尔斯；于是她的丈夫就说要饶了她的命，而要暗杀迈尔斯！这可是另一回事了，于是她就答应了他的要求，并且实践了诺言。

休吾并没有为了他的威胁行为和他盗窃他的哥哥的产业和爵位而受到惩罚，因为他的妻子和哥哥都不肯证实他的罪状——爱迪思即令要揭发他，迈尔斯也不会同意她这样做。后来休吾遗弃了他的妻子，跑到大陆上去，不久就死了；过了不久，肯特伯爵就跟他的寡妇结了婚。他们这对夫妇第一次回到亨顿第的时候，那个村里大大地庆祝了

一番。

汤姆·康第的父亲再也没有什么消息了。

国王找到了那个烙了火印被卖为奴隶的农民，把他和帮头那一伙人都从罪恶的生活中挽救出来，使他们过着舒适的生活。

他还把那个老律师从监狱里释放出来，退还了他的罚金。他替他亲眼看见在火刑柱上烧死的那两个浸礼会女教友的女儿安顿了很好的家，严厉地惩罚了那个毫无道理地鞭打了迈尔斯·亨顿的军官。

他救了那个捉了逃鹰的小孩和那个偷了织布匠一截布头的女人，使他们免于绞刑；但是他想救那个被控打死了御猎场里的鹿的人，却已经来不及了。

他当初犯了偷烤猪的嫌疑，法官很怜恤他，现在他对那个法官也施了一些恩惠，结果他很高兴地看到这位法官更加受到公众的尊敬，成了一个伟大的、光荣的人物。

国王终身都爱把他的历险经过从头到尾讲给人家听，从那卫兵把他从皇宫门口打出去的时候说起，一直说到最后他在那天半夜里很机警地混进一群匆匆忙忙往里面跑的工人当中，溜到大教堂里时为止；他混了进去之后，就爬到爱德华王①的坟墓上藏起来，第二天他在那儿睡了很久，

---

① 爱德华王(1005—1066)：最初兴建威斯敏斯特大教堂的国王。

等他醒来的时候，几乎错过了加冕礼的机会。他说他常常把这个宝贵的教训搬出来讲一讲，就可以使他永远抱定决心，借着这些教训给人民多造一些福利；因此他一日在世，就要继续讲这个故事，使他所经历的那些悲惨景象在他脑海中永远留下鲜明的印象，并使他心中重新充满慈爱的源泉。

国王在位的短时期中，迈尔斯·亨顿和汤姆·康第始终是他最欢喜的人，他死后他们也是最真切的哀悼者。善良的肯特伯爵是个很有见识的人，因此他并没有滥用他那稀奇的特权；但是他从我们在前面说过的那次之后，在他离开人间以前，曾经行使过两次这种特权；一次是玛丽女王登基的时候，另一次是伊丽莎白女王登基的时候。他有一个后裔在詹姆士一世即位的时候使用了一次。后来这个后裔的儿子打算使用这种特权的时候，已经相隔二十五年，"肯特家族的特权"在人们的记忆中已经渐渐淡薄了；因此当时的肯特伯爵朝见查理一世，在国王面前坐下来，行使他家里那种权利的时候，就引起了很大的惊扰。但是这件事情经过一番解释，这种特权就仍旧被肯定了。这个家族的最后一个伯爵在共和政治时代为国王出征，结果阵亡在外，这个古怪的特权也就随着他的去世而终止了。

汤姆·康第很长寿，他后来成了一个很漂亮的白发老人，态度庄严而仁慈。他在世的时候，始终是受人尊重的；他也很受人敬爱，因为他那显眼的奇特服装老是提醒人家，使他们想起"他曾经一度当过国王"；所以他无论走到什么地方，人们就向两边后退，给他让路，同时互相耳语。"脱下帽子吧，这是国王的受惠人！"——于是他们就对他行礼，他也温和地微笑着，表示答礼——大家对他的微笑都觉得很宝贵，因为他一生的事迹是很光荣的。

爱德华王只活了几年——这不幸的孩子——但是他活得很有价值。曾经不止一次，有某一位大官，国王的大臣，为了反对国王的宽大，和他争论，这位大官说，某一条法律国王有意加以修订，其实那条法律是很够宽大的，并不致使人感到痛苦或是压迫，谁也不会十分介意，但是年轻的国王却把他那双充满同情的眼睛转过去，露出十足凄凉的神情，回答说：

"你知道什么痛苦和压迫？我和我的老百姓是知道的，你可不知道。"

在那严酷的时代，爱德华六世在位那几年是一个特别仁慈的时期。现在我们要和他告别了，最好是把这一点记在心里，纪念他的功德吧。

（全文完）

世界名著典藏
国际大师插图版

书 名	作 者	译 者
海底两万里	[法] 儒勒·凡尔纳	陈筱卿
钢铁是怎样炼成的	[苏联] 奥斯特洛夫斯基	吴兴勇
昆虫记	[法] 法布尔	陈筱卿
猎人笔记	[俄] 屠格涅夫	力 冈
简·爱	[英] 夏洛蒂·勃朗特	宋兆霖
童年	[苏联] 高尔基	郭家申
名人传	[法] 罗曼·罗兰	陈筱卿
绿山墙的安妮	[加] 蒙哥马利	姚锦镕
鲁滨孙漂流记	[英] 丹尼尔·笛福	唐荫荪
格列佛游记	[英] 斯威夫特	白 马
汤姆·索亚历险记	[美] 马克·吐温	姚锦镕
老人与海	[美] 海明威	张炽恒
假如给我三天光明	[美] 海伦·凯勒	陈 才
傲慢与偏见	[英] 简·奥斯丁	罗良功
飘（上下）	[美] 玛格丽特·米切尔	黄健人
月亮和六便士	[英] 毛姆	王晋华
瓦尔登湖	[美] 梭罗	王光林
小王子	[法] 圣埃克苏佩里	柳鸣九
爱的教育	[意] 亚米契斯	夏丏尊
泰戈尔诗选	[印度] 泰戈尔	冰 心 吴 岩
欧仁妮·葛朗台	[法] 巴尔扎克	郑克鲁
培根随笔集	[英] 弗兰西斯·培根	蒲 隆
了不起的盖茨比	[美] 菲茨杰拉德	王晋华
居里夫人自传	[法] 玛丽·居里	陈筱卿
伊索寓言	[古希腊] 伊索	杨海英
人类的故事	[美] 房龙	白 马
少年维特的烦恼	[德] 歌德	杨武能
高老头	[法] 巴尔扎克	许渊冲
《套中人》契诃夫短篇小说选	[俄] 契诃夫	李辉凡
《羊脂球》莫泊桑短篇小说选	[法] 莫泊桑	柳鸣九
《最后一片叶子》欧·亨利短篇小说选	[美] 欧·亨利	张经浩
神秘岛	[法] 儒勒·凡尔纳	陈筱卿
红与黑	[法] 斯当达	罗新璋
雾都孤儿	[英] 查尔斯·狄更斯	黄水乞
大卫·科波菲尔（上下）	[英] 查尔斯·狄更斯	董秋斯
莎士比亚喜剧集	[英] 莎士比亚	朱生豪
莎士比亚悲剧集	[英] 莎士比亚	朱生豪
巴黎圣母院	[法] 维克多·雨果	李玉民

书 名	作 者	译 者	
悲惨世界（上中下）	[法]维克多·雨果	李玉民	
福尔摩斯探案全集（上中下）	[英]柯南·道尔	姚锦镕	涂小榕
约翰·克里斯托夫（上中下）	[法]罗曼·罗兰	许渊冲	
基督山伯爵（上中下）	[法]大仲马	李玉民	陈筱卿
列那狐的故事	法国动物故事	罗新璋	
青 鸟	[比]莫里斯·梅特林克	郑克鲁	
小鹿斑比	[奥地利]费利克斯·萨尔登	杨曦红	
快乐王子	[英]王尔德	蔡荣寿	
绿野仙踪	[美]莱曼·弗兰克·鲍姆	张炽恒	
吹牛大王历险记	[德]拉斯伯	邵灵侠	
柳林风声	[英]格雷厄姆	杨静远	
尼尔斯骑鹅旅行记	[瑞典]塞尔玛·拉格洛芙	石琴娥	
木偶奇遇记	[意]科洛迪	刘月樵	
小飞侠彼得·潘	[英]詹姆斯·巴里	杨静远	
水孩子	[英]查尔斯·金斯利	张炽恒	
一千零一夜	阿拉伯民间故事集	郅溥浩	
安徒生童话	[丹麦]安徒生	叶君健	
爱丽丝漫游奇境	[英]刘易斯·卡罗尔	黄健人	
格林童话	[德]格林兄弟	杨武能	
森林报	[苏联]维·比安基	沈念驹	姚锦镕
苦儿流浪记	[法]埃克多·马洛	唐珍	
秘密花园	[美]F.H.伯内特	李文俊	
海 蒂	[瑞士]约翰娜·斯比丽	邵灵侠	
安妮日记	[德]安妮·弗兰克	朱碧恒	高小斐
王子与贫儿	[美]马克·吐温	张友松	
希腊神话	[德]施瓦布	高中甫	
格兰特船长的儿女	[法]儒勒·凡尔纳	陈筱卿	
八十天环游地球	[法]儒勒·凡尔纳	陈筱卿	
母 亲	[苏联]高尔基	吴兴勇	
《野性的呼唤》杰克·伦敦小说精选	[美]杰克·伦敦	石雅芳	雨 宁
《百万英镑》马克·吐温中短篇小说选	[美]马克·吐温	张友松等	
包法利夫人	[法]福楼拜	许渊冲	
茶花女	[法]小仲马	李玉民	
呼啸山庄	[英]艾米莉·勃朗特	宋兆霖	
双城记	[英]查尔斯·狄更斯	宋兆霖	
复 活	[俄]列夫·托尔斯泰	李辉凡	
汤姆叔叔的小屋	[美]斯托夫人	李自修	
罪与罚	[俄]陀思妥耶夫斯基	朱宪生	曾思艺
三个火枪手	[法]大仲马	李玉民	
安娜·卡列尼娜（上下）	[俄]列夫·托尔斯泰	力 冈	
堂吉诃德（上下）	[西班牙]塞万提斯	刘京胜	
战争与和平（上中下）	[俄]列夫·托尔斯泰	董秋斯